李天綱 主編

浦東歷代要籍選刊編纂委員會
上海市浦東新區地方志辦公室 編

蟲天志

[明]沈弘正 著
孫幼莉 整理

復旦大學出版社

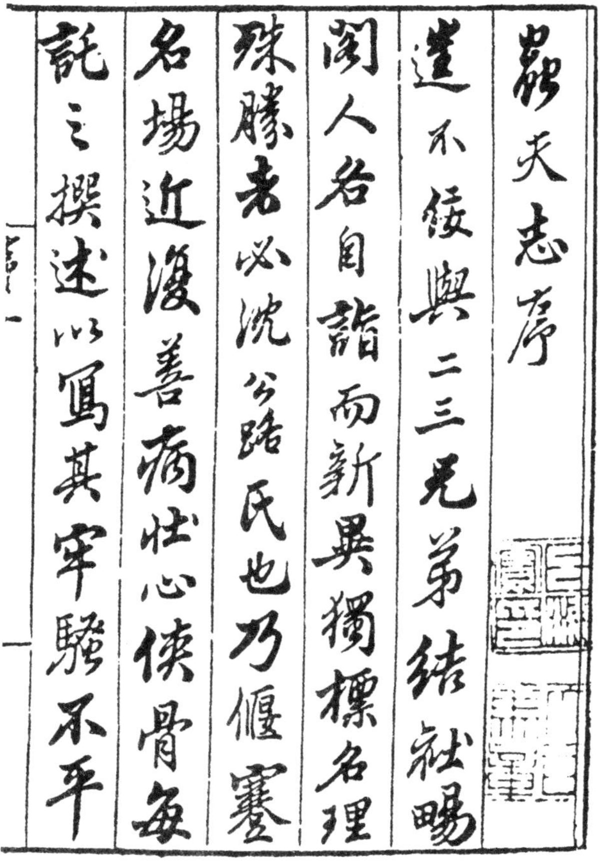

蟲天志序

逵不佞與二三兄弟結社暢
閣人名自詣而新異獨標名理
殊勝者必沈公路氏也乃偃蹇
名場近復善病壯心俠骨每
託之撰述以寫其牢騷不平

明暢閣本《蟲天志·序》書影

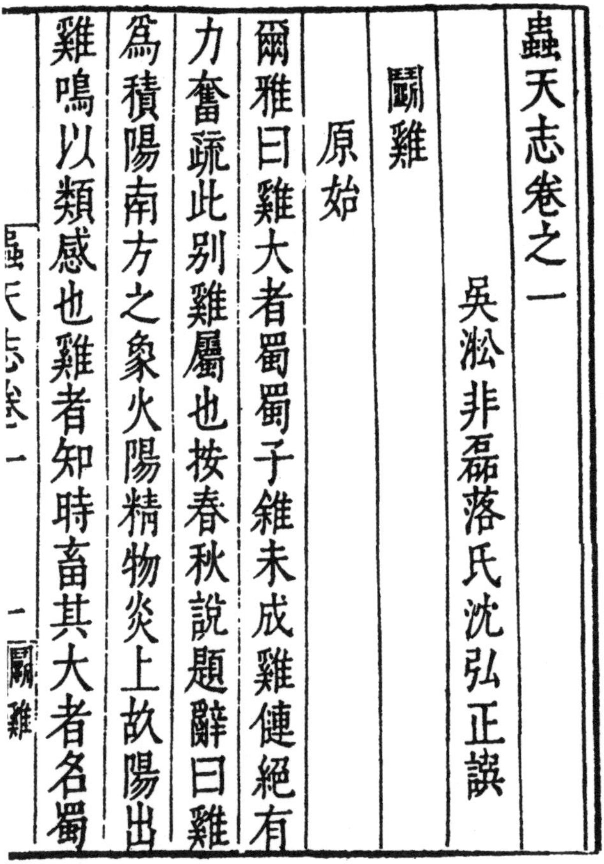
蟲天志卷之一
吳淞非磊落氏沈弘正譔
鬬雞
原始
爾雅曰雞大者蜀蜀子雓未成雞僆絕有
力奮疏此別雞屬也按春秋說題辭曰雞
爲積陽南方之象火陽精物炎上故陽出
雞鳴以類感也雞者知時畜其大者名蜀
蟲天志卷之一　一　鬬雞

明暢閣本《蟲天志・卷一》書影

浦東歷代要籍選刊　編纂委員會

主　任　裴玉義

委　員　吴昊蕻　吴艷芬　邵　微　何旅濤　金達輝　孟　淵　趙婉辰　馬春雷
徐　瑞　陳長華　陳錢潼　梁大慶　楊　雋　楊繼東　賈曉陽　趙鴻剛
龍鴻彬　謝曉燁

上海市浦東新區地方志辦公室　**編**

主　編　李天綱

副主編　楊　雋　金達輝　陳長華

總序

葛劍雄

改革開放以來，浦東以新區的設立和其日新月異的發展面貌聞名於世，而此前還只是一個附屬於上海的地名。但這並不等於浦東的歷史是從二十世紀九十年代纔開始的，更不意味着此前的浦東没有自己的文化積累。

由於今上海市一帶至遲在西元十世紀已將河流稱爲「浦」，如使上海得名的那條河即爲「上海浦」，一條河的東面就能被稱爲「浦東」。因而「浦東」可以不止一個，但只有其中依託於比較大的、重要的「浦」而得名的「浦東」，方能成爲一個專用地名，并且能長期使用和流傳。這個「浦」自然非黄浦莫屬。

廣義的浦東是指黄浦江以東的地域，自然得名於黄浦江形成之後，但它在兩千多年前的秦漢時期已經開始成陸，此後不斷擴大。黄浦這一名稱始見於南宋紹興二十八年（一一五八），是指吴淞江南岸的一條曾被稱爲東江的支流。此後河面漸寬，到明初已被稱爲大黄浦。永樂年間經夏元吉疏浚，黄浦水道折向西北，在今吴淞口流入長江。正德十六年（一五二一），經疏浚後的吴淞江下游河道流入黄浦，此後，原在黄浦以東的吴淞江故道逐漸堙没，吴淞江成爲黄浦的支流，而黄浦成了上海地區最大河流。

南宋以降，相當於此後黄浦以東地屬兩浙路華亭縣。元至元二十九年（一二九二）析華亭縣置上海縣，此地大部改屬上海縣，南部仍屬華亭縣，北部一小塊自南宋嘉定十年（一二一七）起屬嘉定縣。在明代黄浦下游河道形成後，黄浦以東地區的隸屬關係並無變化。清雍正三年（一七二五）寶山縣設立，黄浦東原屬嘉定縣的北端改屬寶山。雍正四年，黄浦以東地區的大部分設置了奉賢縣和南匯縣。嘉慶十五年（一八一〇），以上海縣東部濱海和南匯北部置川沙撫民廳（簡稱川沙廳），民國元年（一九一二）建川沙縣。但上海縣的轄境始終有一塊在黄浦之東，寶山縣也有一小塊轄境處於高橋以西至黄浦以東，故狹義的浦東往往專指這兩處。

一八四三年上海開埠後，租界與華界逐漸連成一片，形成大都市。一九二七年上海設特别市，至一九三〇年改上海市，其轄境均包括黄浦江以東部分，一般所稱浦東即此。一九五八年至一九六一年一度設縣，即以浦東爲名。川沙、南匯二縣雖屬江蘇，但與上海市區關係密切，故仍被視爲浦東，或稱浦東川沙、浦東南匯。一九五八年二縣由江蘇劃歸上海市後更是如此。

改革開放後，浦東新區於一九九二年成立，轄有南市、黄浦、楊浦三區黄浦江以東地及上海縣三林鄉，川沙縣撤銷後全部併入。至二〇〇九年五月，南匯區也撤銷併入浦東新區，則浦東已臻名實相符。

故浦東雖仍有上海市域最年輕的土地，且每年續有增加，但其歷史文化仍可追溯一千多年。特別是上海建鎮、設縣以後，浦東地屬江南富裕地區，經濟發達，文教昌隆，自宋至清産生進士一百多名，以及衆多舉人、貢生和秀才，留下大量著作和詩文。上海開埠和設市後，浦東作爲都市近鄰，頗得風氣之先，出現了具有全國影響的人物和著作。

據專家調查，浦東地區一九三七年前的人物傳世著作共有一千三百八十九種，其中收入四庫全書者十二種，列入四庫全書存目者十餘種，在小説、詩文、經學和醫學中均不乏一流作品。但其中部分已成孤本秘笈，本地久無收藏。大多問世後迄未再版，有失傳之虞。由於長期未進行搜集匯總，專業研究人員也難窺全貌，公衆不易查閲瞭解，外界更鮮爲人知。

浦東新區政府珍惜本地歷史文化，重視文化建設，滿足公衆精神需求，支持政協委員提案，決定由新區政協文史資料委員會和地方志辦公室聯合編纂浦東歷代要籍選刊。計劃以至少三年時間，選取整理宋代至民國初年浦東人著作一百種，近千萬字，分數十册出版。此舉不僅使浦東鄉邦文獻得以永續傳承，也使新老浦東人得以瞭解本地歷史和傳統文化，並使世人更全面認識浦東新區，理解浦東實施改革開放的内因和前景。

長期以來，流傳着西方人的到來使上海從一個小漁村變成了大都會的錯誤説法，完全掩蓋了此前上海由一聚落而成大鎮、由鎮而縣、由縣而設置國家江海關的歷史。這固然是外人蓄意誤導的結果，也是本地人對自己的歷史和文化瞭解不夠、傳播更少所致。浦東自改革開放以來，外界也往往只見其高新技術產業密集於昔日農舍田疇，巨型建築崛起於荒野灘塗，而忽視了此前已存在的千年歷史和鬱鬱人文。況新浦東人不少來自外地和海外，又多科研、理工、財經、企管、行政專業人士，使他們全面深入瞭解浦東的歷史文化，更具現實和長遠的意義。

我自浦西移居浦東十餘年，目睹發展巨變，享受優美環境，今又躬逢浦東歷代要籍選刊編纂出版之盛事，曷其幸哉！是爲序。

二〇一四年六月於浦東康橋寓所

主編序

地名：浦東之淵源

李天綱

「浦東」，現在作爲一個「開發區」的概念，留在世人的印象中。一九九〇年代，「浦東」是國内外媒體上出現頻率最高的詞之一。一九九三年一月成立上海市政府直屬地方銀行，以「浦東發展銀行」命名，可見當代「浦東」之於上海的重要性。一九九二年十月，上海市政府執行國家「浦東開發」戰略，以川沙縣全境爲主體，將上海縣位於浦東的三林鄉，當年曾劃歸楊浦、黄浦、南市等市區管理的「浦東」部分合併，設立「浦東新區」。二〇〇九年，上海市政府又決定將地處黄浦江以東的南匯區（縣）全境劃入，成爲一個轄境一千四百二十九點六七平方公里的副省級行政單位，高於上海的一般區縣。「浦東」，作爲一個獨立的行政區劃概念，以强勢的面貌，出現於當代，爲世界矚目。

「浦東」一詞出現得晚，但絕不是沒有來歷。浦東和古老的上海、松江及江南一起發展，已經有了上千年的歷史。固然，浦東新區全境都在三千年前形成的古岡身帶以東；所有陸地都是由長江、錢塘江攜帶的泥沙，與東海海潮的沖頂推湧，在唐代以後才形成的。上海博物館的考古隊，沒有在浦東地區找到明以前的豪華墓葬。但是，這裏的土地、人物和歷史，與上海縣、松江府和江蘇省相聯繫，是江南地區吳越文明的繁衍與延伸。經過唐宋時期的墾殖、開發和耕耘，浦東地區的經濟、社會和文化在明、清兩代登峰造極。川沙、周浦、橫沔、新場這樣的鄉鎮日臻發達，絕非舊時的一句「斥鹵之地」所能輕視。

浦東新區由原屬上海市位於黃浦江東部的數縣，包括了川沙、南匯和上海縣部分鄉鎮，重組而成。從行政統屬來看，浦東新區原屬各縣設立較晚。清代雍正四年（一七二六），從上海縣析出長人鄉，設立南匯縣；嘉慶十五年（一八一〇），由上海縣析出高昌鄉，南匯縣析出長人鄉，加上八、九兩團，合併設立川沙撫民廳，簡稱川沙廳。開埠以後，租界及鄰近地區合併發展，迅速成爲「大上海」，上海、寶山、川沙等縣份受「洋場」影響，捲入現代都市圈。南匯縣則因爲離市區較遠，和川沙仍皆隸屬於江蘇省松江府。一九一一年辛亥革命後，廢除州、府、廳建制，南匯縣歸江蘇省管轄，川沙廳改稱川沙縣，亦直屬江蘇省。一九二八年，國民政府在上海設立特別市，浦東地區原屬寶山、川沙縣的鄉鎮高橋、高行、陸行、洋涇、塘橋、楊思等劃入市區。一九三七年以後，日僞建立上海市大道政府、上海特别市政府，將川沙、南匯從江蘇省劃出，隸於「大上海市」。一九四五年抗戰勝利以後，國民政府恢復一九一一年建置，川沙、南匯仍然隸於江蘇省。一九五〇年，中華人民共和國公布省、市建置，以上海、寶山兩縣舊境設立上海直轄市； 浦東地區的川沙、南匯兩縣，歸由江蘇省松江專員行政公署管轄。一九五八年十月，中華人民共和國國務院將浦東的川沙、南匯兩縣及江蘇省所轄松江、青浦、奉賢、金山、崇明等五縣一起，併入上海直轄市。此前，一九五八年一月，江蘇省嘉定縣已先期劃歸上海市管理。

「浦東新區」之前，已經有過用「浦東」命名的行政區劃，即一九五八年到一九六一年設置的「浦東縣」。一九五八年，爲「大躍進」發展的需要，上海市政府在原川沙縣西北臨近黄浦江地區，設立「浦東縣」，躍躍欲試地要跨江發展，開發浦東。「浦東縣」政府設在浦東南路，轄高橋、洋涇、楊思三個鎮，共十一個公社，六個街道。一九六一年一月，因工業化遭遇重大挫折，上海市政府在「三年自然災害」中撤銷了「浦東縣」，把東部農業型「東郊」區域的洋涇、楊思、高橋等鄉鎮，劃歸川沙縣管理。沿黄浦江的「東昌」狹長工業地帶，則由對岸的老市區楊浦區、黄浦區、南市區接手管轄。「浦東縣」在上海歷史上雖然只存在了三年，卻顯示了上海人的一貫志向——即使在一九五〇年代的極端困難條件下，仍然懷揣著「開發浦東」的百年夢想，只要有機會，就想幹一下。

現代的「大上海」，原來是從上海、寶山兩縣的土地上生長起來的。明代以前，上海、寶山仍以吴淞江(後稱「蘇州河」)劃界。吴淞江以北的「淞北」，屬寶山縣；吴淞江以南的「淞南」，屬上海縣。吴淞江是松江府之源，「松江」原名就是「淞江」，「府因以名」。按明正德松江府志的説法，「吴淞江，後以水災，去水从松，亦曰松陵江」。水克火，木生火，「淞江」去「水」从「木」爲「松江」，上海果然「火」了。清代以前，上海士人寫的方志、筆記、小説，以及他們的堂號室名，都用「吴淞」、「淞南」作爲郡望。一六〇七年，徐光啓和利瑪竇合譯幾何原本，在北京刊刻，便是署名「泰西利瑪竇口譯，吴淞徐光啓筆受」，徐光啓自稱「吴淞」人。另外，清嘉慶年間上海南匯人楊光輔編淞南樂府，光緒年間南匯人黄式權編淞南夢影録，昆山寓滬文人王韜(一八二八—一八九七)作淞隱漫録、淞濱瑣話，採用「淞南」、「吴淞」之名説上海，可見明清文人學士，都用吴淞江作爲上海的標誌。吴淞江是上海的母親河，而「黄浦江是母親河」，只是一九八〇年代以後冒出的無知説法。

明清時期的黄浦是一條大河，卻不是首要的幹流。方志裏的「水道圖」，都把吴淞江置於黄浦之前。黄浦，一説爲「黄歇浦」的簡稱，僅是一「浦」，並不稱「江」。在上海方言中，浦大於河，小於江，如周浦、桃浦、月浦、上海浦、下海浦……黄浦流經太湖流域，水流較清，經閔行、烏泥涇、龍華等鎮，匯入吴淞江。吴淞江受到長江泥沙的影響，水流較濁，淤泥沉澱，元代以後逐漸堰塞。

於是，原來較爲窄小的黃浦不斷受流，成爲松江府「南境巨川」。明代永樂元年（一四〇三），上海人葉宗行建議開鑿范家浜，引黃浦水入吳淞江，共赴長江。從此，江浦合流，黃浦佔用了吳淞江下游河道。黃浦江的受水量和徑流量，大約在明代已經超過吳淞江了。但是在人們的觀念中，黃浦江仍然没有吳淞江重要，經濟、交通和人文價值還不及後者。康熙上海縣志的「水道圖」，仍然把吳淞江和黃浦畫得一樣寬大。從地名遺迹來看，地處吳淞江下游的江灣，並非黃浦之灣，而是吳淞江之灣。同理，今天黃浦江的入口，並不稱爲「黃浦口」，依然是「吳淞口」。

黃浦江以東地區在唐代成陸，大規模的土地開發則是在宋代開始，於明代興盛。宋、元兩代，浦東地區産業以鹽田爲主，是屬華亭縣的「下砂鹽場」。從南匯的杭州灣，到川沙的長江口，「大團」到「九團」一字排開，團中間還有各「竈」的開設。聯繫各「竈」，設立爲「場」，爲當年的曬鹽場，「大團」、「六竈」、「新場」的地名沿用至今。隨著海水不斷退卻，海岸不斷東移，鹽業衰落，明代以後浦東地區便繼之以大規模的圍海造田、農業墾殖。早期的浦東開發，在泥濘中築堤、圍墾、挖河、開渠、種植，異常艱辛。爲了鼓勵浦東開發，元代至元年間的松江知府張之翰向中央申請減税，他描寫浦東人的苦惱，詩曰：「黃浦春風正怒號，扁舟一葉渡驚濤。諸君來問民間苦，何用潮頭幾丈高。」算是一位瞭解民間疾苦、懂得讓利培本的地方官。

隨著浦東的早期開發，以及浦東人的財富積累，浦東以獨特的形象登上了歷史舞臺。「黃浦江」的概念在清末變得重要起來，上海人的地理觀念由此也經歷了從「淞南—淞北」到「浦東—浦西」的轉變。至晚在明中葉，「浦東」一詞已經在上海人的日常生活中使用。萬曆上海縣志載：「由閘江而下，若鹽鐵塘、沈家莊，若周浦，若三林塘，若楊淄樓，此爲浦東之水也。」「閘江」，即後之「閘港」，在南匯境内；「鹽鐵塘」、「沈家莊」，今天已不傳，地域在南匯、川沙交界處；「周浦」、「三林塘」，在川沙境内；「楊淄樓」，在今楊家渡附近。浦東，顧名思義是東海之内、黄浦以東的廣大地區，是泛稱，非確指。明清時，因爲黄浦到楊樹浦、周家嘴匯入吴淞江，故「浦東」只指南匯、川沙地區，還没有包括當時在吴淞江對岸、屬寶山縣的高橋地區。歷史上的「浦東」一詞，只是方位，並非地名。同治上海縣志卷首「上海縣南境水道圖」中解釋：「是圖南起黄浦中界蒲匯塘，而浦東、西之支水在南境者並屬焉。」這裏的「浦東」，仍然僅僅是指示方位。通觀清代文獻，「浦東」一詞並没有作爲地名，在自然地理、行政地理的叙述中使用。

時至清末，黄浦的重要性終於超過吴淞江，同治上海縣志説：「（松江）一郡之要害在上海，上海之要害在黄浦，黄浦之要害在吴淞所。」黄浦取得了地理上的重要性，主要是它成爲中外貿易的要道，近代上海是從黄浦江上崛起的。一八四三年，上海開埠以後，華界的南市（十六鋪）和英租界（外灘）、法租界（洋涇浜）、美租界（虹口）連爲一體，在幾十年間迅速崛起，這一段河道，只屬於黄浦，不屬於吴淞江。更致命的是，一八四八年上海道臺麟桂和英國領事阿禮國修訂上海租地章程的時候，英語中把「吳淞江」翻譯成了「蘇州河」（Soo Choo River），作爲英租界的北界。蘇州河以外灘爲終點，從此以後，吳淞江下游包括提籃橋、楊樹浦、軍工路、吳淞鎮的岸綫，在現代上海人的心目中就專屬黄浦，黄浦由此升格爲黄浦江。囊括上海、寶山、川沙三縣的「大上海」，也正式地分爲「浦東」和「浦西」。「後殖民理論」的批評者，可以指責英國殖民者用「蘇州河」取代「吳淞江」，還捏造出一條「黄浦江」。但是，我們的解釋原則是既尊重歷史，也承認現實。從自然地理來看，原來用東西向的吳淞江，把上海分爲「淞南」、「淞北」，是一個局促的概念，確實不及用南北向的黄浦江分爲「浦西」、「浦東」更爲大氣與合理。地理上的重新區分，順應了上海的空間發展，以及上海人的觀念演化，更反映了上海的「近代化」。

認同：浦東之人文

浦東的地理，順著吳淞江、黄浦江東擴；浦東的人文，自然也是上海、寶山地區生活方式的延續與傳承。「開發浦東」是長江三角洲移民運動的結果。明清時期的上海，已經是一個移民導入地區，北方人、南方人來此營生的比比皆是。但是，當時的「浦東開發」，基本上是上海人民的自主行爲，具有主體性。四百多年前，歷史上最爲傑出的上海人徐光啓，就是浦東開發的先驅。徐光啓是上海城裏人，中國天主教會領袖，編農政全書，號召國人農墾。話說有一位姓張的北京人，是帝都裏最早的天主教徒，他「由利瑪竇手領洗，後來徐光啓領他到上海，在徐宅服務。不久，即在黄浦江邊墾種新漲出之地，因而居留焉」。京城的張姓移民，在徐光啓的幫助下站住脚跟，歸化爲上海人。徐光啓後裔徐宗澤在中國天主教傳教史概論中説，這塊灘地，就是現在浦東的「張家樓」。

元代黄巖人陶宗儀，因家鄉動亂，移民上海，「避兵三吴間，有田一廛，家於淞南，作勞之暇，每以筆墨自隨」，遂作南村輟耕録。松江府華亭（上海）一帶果然是逃避戰亂、修身養息、耕讀傳家的好地方。上海的一個神奇之處，就在於這一片魚米之鄉，還總有灘地從江邊、海邊生長出來，而且平坦肥沃，風調雨順，易於開墾。願意吃苦的本地人、外地人，都很容易在浦東獲得更多的土地，過上好日子。子孫繁衍，數代之後就成爲佔據了整村、整鎮的大家族。朱、張、顧、陸，史稱江東大族，浦東的衆姓分佈也是如此。南匯縣周浦鎮朱氏，以萬曆年間朱永泰一族的事迹最堪稱道。徐光啓没有及第之前，朱永泰曾請他來浦東教授自家私塾。徐光啓位居相位之後，召他兒子入京辦事，朱永泰居然婉拒。直到順治十六年（一六五九），朱永泰的孫子朱錦在南京一舉考取南榜會元，選爲庶吉士。朱錦秉承家風，「决意仕途，優遊林下」（閲世編），淡泊利禄，不久就致仕回浦東，讀書自怡，專心著述。浦東士人，因爲生活優裕，方能富而好禮。浦東張氏，舉新場鎮張元始家族爲例。張元始爲崇禎元年(一六二八)進士,曾爲户部侍郎。滿洲入侵的關頭,他回到松江、蘇州地區,爲支用短缺的崇禎皇帝籌集軍餉,調運大批錢糧,北上抗清。東林黨争,他「彈劾不避權貴」(閱世編),「性方嚴,不妄交遊,留心經濟」(光緒南匯縣志)。浦東籍的士人,多有耿直性格。浦東顧氏,舉合慶鎮顧彰爲例。江南顧氏,傳説是西漢封王顧余侯之後,川沙顧氏則是明代弘治十八年(一五〇五)狀元顧鼎臣家族傳人。顧鼎臣(一四七三—一五四〇),昆山人,位居禮部尚書,任武英殿大學士,明中葉以後家族繁衍,散佈在昆山、嘉定、寶山、川沙一帶。太平天國戰亂之後,江南經濟恢復,川沙人顧彰在村裏開設一家店鋪,額爲「顧合慶」。生意成功,周圍店家不斷開設,數年之内,幡招林立,成了市鎮,人稱「合慶鎮」。顧彰「開發浦東」有功,兩江總督端方請朝廷賞了顧彰的長子懿淵一個五品頭銜,顧彰的孫子占魁也被録取爲縣庠生。浦東陸氏,我們更可以舉出富有傳奇的陸深家族爲例。陸深(一四七七—一五四四),松江府上海縣人,高祖陸餘慶以上世居馬橋鎮,元季喪亂,曾祖德衡遷居黄浦岸邊的洋涇鎮。這樣一户普通的陸姓人家,累三世之耕讀,到陸深時已經成爲浦東的文教之家。弘治十四年(一五〇一),陸家院内的一棵從不開花的牡丹,忽然開出百朵鮮花,當年陸深在南京鄉試中便一舉奪得解元。後來大名鼎鼎的昆山狀元顧鼎臣和陸深同榜,這次卻被他壓在下面。陸深點了翰林,做過國子監祭酒,也給嘉靖皇帝做過經筵講官,但接下來的官運卻遠遠不及顧鼎臣,只在山西、浙江、四川外放了幾次布政使。陸深去世後，嘉靖皇帝懷念上課時的快樂時光，也只給他加贈了一個禮部侍郎的副部級頭銜。不過，陸深給上海留下了一個大名頭——陸家宅邸、園林和墳塋地塊，在黃浦江和吳淞江的交界處，尖尖的一喙，清代以後，人稱「陸家嘴」。

浦東地區的南匯、川沙，原屬上海縣，這裏和江南的其他地區一樣，物産豐富，人物鼎盛，文教繁榮，産生了許許多多的世家大族。朱、張、顧、陸的繁衍，是浦東本地著名大姓的例子。事實上，外來移民只要肯融入上海，即使孤身一人，也能在浦東成家立業，樹立自己的家族。無錫華氏家族，元代末年有一位華嶽（字太行），因戰亂離散，來到上海，在浦東橫沔鎮蘇家入贅。按本地習俗稱爲「招女婿」，近似於「打工仔」。然而，華嶽一表人才，並不見外，奮身於鄉里，他「風姿英爽，遇事周詳，一鄉倚以爲重」（轉引自吴仁安明清時期上海地區的著姓望族）。這位「引進人才」在蘇家積極工作，耕地開店，帶領全村發家致富，族人居然允許他自立門户，用華氏名義傳宗接代。乾隆初年，華氏子孫「增建市房，廛舍相望」（南匯縣志疆域邑鎮）。這就是浦東名鎮「橫沔鎮」的起源。管窺蠡測，我們在浦東橫沔鎮華氏家族的復興故事中，看到了明清時期上海社會接納外來移民的良性模式。寄居浦東，入籍上海，認同江南，融入本土社會，這是外來者成功的關鍵。「海納百川」，是上海本地人的博大胸襟；「融入本土」，則更應該是外來移民的必要自覺。浦東人講：「吃哪里嗒飯，做哪里嗒事體，講哪里嗒閒話。」熱愛鄉土，服務當地民衆福祉，維護地方文化認同，如天經地義一般重要。

南匯、川沙原來都屬於上海縣，清代雍正、嘉慶年間剛剛分别設邑，爲什麼會在清末就有一個和上海浦西相對應的「浦東人」的認同發生？這是值得思考的問題。「浦東人」，就是明清時期的「上海人」，他們在近代歷史上形成了一個子認同（sub-identity）。二十世紀開始，「浦東人」和黄浦江對岸的「大上海」既有聯繫，又有分别，大致可以用文化理論中的「子認同」來描述。十九二十世紀中，浦東的地方語言，和上海市區方言差距拉大；浦東的農耕生活，和市區的大工業、大商業有些不同。儘管朱其昂、張文虎、賈步緯、楊斯盛、陶桂松、李平書、黄炎培、葉惠鈞、穆藕初、杜月笙等一大批川沙、南匯籍人士活躍於上海，但是「浦東」是他們口中念念的家鄉，「上海」是他們心中一個異樣的「洋場」，因爲「大上海」的文化認同更加寬泛。

清末民初時期，占人口約百分之十的上海本地人，接納了約百分之九十的外地人、外國人，這裏熔鑄出一種新型的文化。「華洋雜居，五方雜處」，現代上海人的認同要素中，不但包括了蘇州、寧波、蘇北、廣東、福建、南京、杭州、安徽、山東人帶來的文化因數，還有很多英國、法國、美國、德國、日本的文化因數。「阿拉上海人」，是一個較大範圍的城市文化認同（identity）；「我伲浦東人」，則是一個區域性的自我身份（status）。熟悉上海歷史的人都知道，兩者之間確有一些微妙的差異。但是，這種不同，互相補充，互爲激蕩，屬於同一個文化整體。這種差異性，正説明上海文化的内部，自身也充滿了各種「多樣性」（diversity），並非一個專制體。文化，是拿來欣賞的，不是用作統治的。上海的「新文化」，有過一種文化上的均勢，曾經對「五方」、「華洋」的不同文化加以欣賞。在這個過程中，浦東地區保存的本土傳統生活方式，是「大上海」的母體文化，支撐了一種新文明。無論浦東文化是如何迅速地變異和動蕩，變得不像過去那樣傳統，但它真的曾以「壁立千仞，海納百川」的胸襟，接納過世界各地來的移民。它是上海近代文化（俗所謂「海派文化」）的淵源，我們應該加倍地尊重和珍視纔是。

傳承：浦東之著述

直到明清，以及中華民國的初期，江南士人的身份意識仍然是按照鄉、鎮、縣、府、省的單位，一級一級，自然而然，由下往上地漸次建立起來的。日常生活中，江南士人都主動或被動以自己的地望作爲身份，如以「徐上海」、「錢常熟」、「顧崑山」交際應酬，不會只用一個「中國人」的表面身份來隱藏自己。只有當公車顛沛，到了「帝都魏闕」，或厠身擠進了「午門大閲」，沾上些許皇帝的虛驕，纔會偶爾感到自己是個「中國人」。儒家推崇由近及遠、由裏而外、漸次推廣的傳統人際關係，有相當的合理性。在此過程中，不同地域的人群學會了尊重各自的方言、禮節、習俗、飲食和價值觀念，在一個「多樣性」的社會下生存。今天，「多元文化觀」在「國家主義」盛行的二十世紀，以及「全球化」横掃的二十一世紀，面臨著巨大的困窘。如何在當今社會發掘傳統，面對危機，重建認同，是一件很重要的事情。

二十世紀中，在現代化「大上海」的崛起中，上海地區的學者和出版家，一直努力將江南學術的優秀傳統，匯入「國際大都市」的文化建設，出版地方性的文獻叢書便是一種做法。一九三六年，負責編寫上海通志的上海通社整理刊刻了上海掌故叢書第一集十四種，後因「抗戰」、「內戰」發生，没有延續。一九八七年，華東師範大學出版社編輯影印了上海文獻叢書，共五種。一九八九年，上海古籍出版社標點排印了上海灘與上海人叢書，共二十三種。縣區一級的文獻叢書，有松江文獻系列叢書（上海社會科學院出版社，二〇〇〇年），共十二種；嘉定歷史文獻叢書（中華書局，二〇〇六年），綫裝，二輯。在基層文化遺産保護前景堪憂的大局勢下，地方傳統文獻的整理出版工作倒是在各地區有識之士的堅持下，努力開展。上海浦東新區地方志辦公室的同仁們，亟願爲浦東文化留下一份遺産，編輯一套浦東歷代要籍選刊。復旦大學出版社憑藉獨有的學術組織能力和編輯實力，積極參與這一出版使命。這樣的工作，對開掘浦東的傳統內涵，維護當地的生活方式，發展自己的文化認同，都具有重要意義，無疑應該各盡其力，加以支持。

編纂浦東歷代要籍選刊，首要問題是如何釐定作者的本籍，將上海地區的「浦東人」作者挑選出來。清代中葉之前，現在浦東新區範圍内的土地和人民並不自立，當時並没有「浦東人」。但是，明清時期江南地區的鄉鎮社會異常發達，大部分讀書人的籍貫，往往可以追究到鎮一級。爲此，我們在確定明清時期的浦東籍作者時，都以鎮屬爲依據。那些或出生或原居或移居或寓居在現在浦東地區鄉鎮的作者，儘管著述都以「上海縣」、「華亭縣」、「嘉定縣」標署，但隨著清代初年「南匯縣」、「川沙縣」，以及後來「浦東縣」、「浦東新區」的設立，理應歸入「浦東」籍。

例如，高橋籍舉人孫元化（一五八一——一六三二）追隨徐光啓，有著作幾何體用、幾何演算法、泰西算要等傳世。當時的高橋鎮在黄浦東岸，屬嘉定縣，孫元化的籍貫當然是嘉定。清代雍正二年（一七二四），嘉定縣析出寶山縣，孫元化曾被視爲寶山人。一九二八年，高橋鎮劃入上海特別市的浦東部分，從此孫元化可以被認定爲「浦東人」。陸深的浦東籍貫身份，也可以如此確定。明史本傳稱：「陸深，字子淵，上海人。」按葉夢珠閱世編門祚記載，陸深科舉成功後曾移居上海城裏，居東門，稱「東門陸氏」。然而，陸深的祖居地及其墳塋，均在浦東陸家嘴，理當被視爲「浦東人」。相對於原本就出生在浦東地區的陸深、孫元化而言，黄體仁自陳「黄氏世爲上海人」（曾大父汝洪公曾大母任氏行實，收入黄體仁集），進士及第爲官後，即在城裏南門内擴建宅邸，黄家里巷命名爲黄家弄（黄家路）。另外，黄體仁的父母去世後，也安葬在西門外周涇（西藏南路)的黃家祖塋(參見先考中山府君先妣瞿孺人繼妣沈孺人行實),是地地道道的上海人。黃體仁之所以被認定爲「浦東人」,是因爲他在九歲的時候,爲躲避倭寇劫掠,曾隨祖母和母親在浦東避難,並佔用金山衛學的學額,考取秀才,進而中舉、及第。科場得意以後,他纔回到上海城裏,終老於斯。明代之浦東,屬於上海縣,他甚至不能算是「流寓」川沙。然而,從黃體仁的曲折經歷,以及後來的行政劃分來看,他在川沙居住很久,確實也可以被劃爲「浦東人」。

選擇什麽樣的作者,將哪一些著述列入出版,這是編纂浦東歷代要籍選刊的第二個難點。唐宋以前,浦東地區尚未開發,撰人和著述很少,可以不論。到了明清時期,浦東地區開發有年,文教大族紛紛湧現,人才輩出,著述繁盛,堪稱「海濱鄒魯」,絶非中原學人所謂「斥鹵之地」可以藐視。按復旦大學古籍整理研究所近年來數篇博士論文的收集和研究,明清時期上海浦東地區的著者人數,不亞於松江府、蘇州府其他各縣。據初步研究統計,清代中前期有著作存世的松江府作者人數共五百二十五人,其中華亭縣(府城)一百四十七人,上海縣一百二十三人,婁縣六十五人,青浦縣六十人,金山縣五十一人,南匯縣三十一人,奉賢縣二十二人,川沙縣二人,未詳二人。其中,南匯、川沙屬於今天浦東新區,都是剛剛從上海縣劃分出來的。以南匯縣本籍作者三十一人爲例,加上列在上海縣的不少浦東籍作者,這個新建邑城境內的文風一點不比其他縣份遜色。此項統計,可參見復旦大學杜怡順博士論文上海清代中前期著述研究。

明代天啓、崇禎年間，以松江地區爲中心，有「復社」、「幾社」的建立。那幾年，江南士人的文章風流和人物氣節，盡在蘇、松、太一帶。經歷了清代順治、康熙年間的高壓窒息，到乾隆、嘉慶年間，上海地區的文風又有恢復。順應蘇州、松江地區的「樸學」發展，「家家許鄭，人人賈馬」，這裏做考據學問的人也越來越多。因此，浦東學者也和其他江南學者一樣，在經、史、子、集的研究上下過功夫。易、書、詩、禮、樂、春秋的「經學」，二十四史之「史學」，天文、地理、曆算、農、醫、兵、雜、小説，詩文詞曲，釋、道教，「三教九流」的學問都有人做。在這樣豐富的人物著述中，挑選和編輯浦東歷代要籍選刊，是綽綽有餘、裕付自如的。

浦東地區設縣（南匯、川沙）之後的二百年間，各類學者層出不窮。以清末學者爲例，周浦鎮人張文虎（一八〇八—一八八五）以諸生出身，專研經學，學力深厚，卓然成家。道光年間，他幫助金山縣藏書家錢熙祚校刻守山閣叢書，一舉成名。一八七一年，張文虎受邀進入曾國藩幕府，被破格録用，負責「同光中興」中的文教事業。他刊刻船山遺書，管理江南官書局，最後還擔任南菁書院山長。張文虎學貫四部，天文、算學、經學、音韻學，樣樣精通。按當代南匯縣志的統計，他著有舒藝室雜著、鼠壤餘蔬、周初朔望考、懷舊雜記、索笑詞、舒藝室隨筆、古今樂律考、春秋朔閏考、駁義餘編、湖樓校書記和詩存、詩續存、尺牘偶存等著作，實在是清末「西學」普及之前少見的「經世」型學者。

一八四三年，上海開埠以後，浦東地區的學者得風氣之先，來上海學習「西學」，成爲中國最早的一批精通西方學術的學者。李杕（一八四〇—一九一一），名浩然，字問漁，幼年在川沙鎮從鎮人莊松樓經師學習儒家經學。一八五一年，李杕來上海，入徐家匯依納爵公學，學習法文、文學和科學。一八六二年加入耶穌會，一八七二年爲神父，一九〇六年繼馬相伯之後擔任震旦學院哲學教授和教務長。李杕創辦和主編益聞報、格致彙報、聖心報等現代刊物，傳播西方科學、哲學和神學，著有理窟、古文拾級、新經譯義、宗徒大事録等，還編輯有徐文定公集、墨井集等。這樣一位貫通中西的複合型學者，在清末只有他的同班同學馬相伯等寥寥數人堪與之比。如果説明清時期的浦東士人還是在追步江南，與蘇、松、太、杭、嘉、湖學風「和其光，同其塵」的話，那開埠以後的浦東學者在「西學」方面確是脱穎而出，顯山露水。

「且頑老人」李平書（一八五四—一九二七）是高橋鎮人，父親爲寶山縣諸生，太平天國佔領江蘇時以難民身份逃到上海。十七八歲時，纔獲得本邑學生資格，進入龍門書院學習。這位浦東學子聰明好學，進步神速，不久就擔任字林報、滬報主筆，在城厢内外宣導「改良」，開設自來水廠。一八八五年，經清廷考試，破格録用他爲知縣，在廣東、臺灣、湖北等地爲張之洞辦理洋務，樣樣「事體」做得出色，且一心維護清朝利益。李鴻章遇見他後，酸溜溜地説「君從上海來，不像上海人」，算是對他的肯定與表揚。李平書確是少見的洋務人才，他奉行「中體西用」，一手創建了上海城厢工程局、警察局、救火會、醫院、陳列所等。最後，他還從張之洞手中要到了「地方自治權」，擔任上海自治公所的總董（市長）。李平書在一九一一年辛亥革命高潮中轉而支持革命黨，可見「且頑老人」是一位深明大義的上海人——浦東人。在仍然提倡仕宦合一、知行合一的清末，李平書也有重要著述，他的新加坡風土記、且頑老人七十自述、上海自治志都是上海社會變革的佐證。

浦東地區的文人士大夫，經歷了明清易代，又看到了清朝覆滅，還親手創建了中華民國，所謂「歷代」者，愈來愈精彩，浦東人參與的歷史也愈來愈重要。孫元化、陳于階（康橋鎮百曲村）等浦東人，爲抗禦清朝獻出生命；李平書、黄炎培、穆湘玥一代浦東人，參與締造了中華民國；黄自、傅雷這樣的浦東人，爲中國的現代藝術做出了獨特貢獻；還有像張聞天、宋慶齡這樣的浦東人，厠身於中國的共産主義運動。這些浦東人都有著述存世，品類繁多，卷帙浩繁，選擇起來頗費斟酌。我們以爲，刊印浦東歷代要籍選刊應該本著「厚古薄今」的原則，對那些本來數量不多且又較少流傳的古籍，包括在上海圖書館、復旦大學圖書館收藏的刻本、稿本和鈔本，儘可能地借此機會搶救和印製出來，以饗讀者。至於在民國期間直到現在，經常用平裝書、精裝書形式大量出版的近現代浦東人的著作，則選擇性收入。

出版一部完善的地方文獻叢書，還會遇到很多諸如資金、體例、版式、字體、設計等人力、物力方面的問題。好在有浦東新區政協文史委員會和地方志辦公室的鼎力支持、復旦大學出版社的精心組織，加上全國和復旦大學歷年畢業的學者，以及相關專業的博士後、博士生的積極參與，浦東歷代要籍選刊一定能圓滿完成。受浦東新區政協文史委員會和地方志辦公室，以及復旦大學出版社的邀請，由我擔任本叢書主編，感到榮幸的同時，也覺得有不少責任。因教學、研究事務繁鉅，不能從事更多工作，但一定會承擔相應的策劃、遴選、審讀、校看和復核任務，做出一部能够流傳、方便使用的文獻集刊，傳承浦東精神，接續上海文化。

二〇一四年八月十五日

暑假，於上海徐匯陽光新景寓所

整理説明

蟲天志十卷，明沈弘正著，是一本輯録鳥獸蟲魚相關遊戲技藝、異事奇聞的著作。書名取莊子庚桑楚「惟蟲能蟲，惟蟲能天」語意，分鬭、舞、能言、傳書、識字、奏技六部，以「原始」、「叙事」、「傳」、「記」、「説」、「賦」、「詩」、「詞」、「贊」、「書」、「表」、「疏」、「敕」之類目繫聯相關文字。「原始」，考察爾雅、埤雅等書中對名稱、種屬、形貌、産地、習性、馴養的訓釋；「叙事」、「傳」、「記」、「説」等，羅列史書、筆記、文人詩話等中的相關故事、風物、聽聞；「賦」、「詩」、「詞」等下，摘録文學作品内容，少則一句兩句，多則整段長篇。每種又以「非磊落氏」之名義作贊收束。

沈弘正（一五七八—一六二七），字公路，自號非磊落氏，南直隸嘉定人，明萬曆年間諸生。其人「爲文高朗自喜」，有「博雅君子」之稱；奈何「調與時背，三試不售，二豎相侵」，以久次諸生，遂絶意仕進，「爲園十畝，有水石竹林之勝，詞客酒人常滿座」〔一〕。晚年以病杜門謝客，深居簡

〔一〕 嘉慶直隸太倉州志人物文學三。

出，沉酣竹素，殫思著述，作品有蟲天志、小字録、枕中草、救荒書、兔罝野談、印録、墨譜等。沈氏將壯心俠骨寄託於撰述之事，「鏟采逃虛，遂狷介之性似静者；其結客振窮，挾湖海之氣似俠者；其憤世放情，寄聲色之遊似達者」〔二〕，編寫蟲天志這樣的「小書」，在表現文人的閒情散逸、雅趣盎然之餘，鬱結於心的牢騷不平之氣亦得以抒寫，字裏行間融浸着其自身坎壈、失志不遇所激發的感憤。

此次點校整理，以明暢閣本蟲天志十卷本爲底本，在不影響文意的前提下，異體字、俗字、舊字形統一改作正體，避諱字徑予改補；缺損漫漶、無法辨認之字以「□」標識，訛字等出校説明。

〔二〕董其昌沈文路公文集序，容臺文集卷一；又沈高士公路墓誌銘，容臺文集卷八。

蟲天志序

往不佞與二三兄弟結社暢閣，人各自詣，而新異獨標、名理殊勝者，必沈公路氏也。乃偃蹇名場，近復善病，壯心俠骨，每託之撰述，以寫其牢騷不平之氣。兹出一編，屬余爲引，命曰「蟲天志」。

余受而讀之，上極典墳，旁及裨（稗）官野史，凡夫蜎飛蠕動之屬，説非涉於荒唐，言可資夫風雅者，靡不綜而輯之，且爲原始、叙事，侈之以詩賦，亂之以微言。渢渢乎富矣，美矣，卓且詭矣。真天壤間一種奇書，而爾雅、博物不得專稱於前矣。

抑余猶有説焉：夫泰古睢于之世，人而天也。降而道術相尚，意智相矜，狙疽。詐巧力相凌相競，天之牖人，人之不能違天也。唯至人者，不以人物利害相攖，侗然往來而休乎天鈞，故曰工乎天而俍乎人。公路是編，殆從静觀後參透斯旨，而爲是寓言也耶。雖然出世入世，總一靈關，彼烹鮮解牛之説，至今爲理者拱璧奉之，特河上、漆園非其時耳。方今聖明在上，羅網畢張，起煙霞之疾而遭遘風雲，自有旂常竹帛。在公路，將無涊然汗出，霍然病已而攘袂以從事乎？則余言聊當七發矣。

友弟楊萬里題

蟲天志叙

甄胄錢希言簡棲氏譔

蟲天志何繇而作也？余友疁城沈君公路，採摭古今鳥獸蟲魚事以纂組成書，不得志於時而作也。獨稱蟲者何？人與鳥獸蟲魚，共遊於大化中，一烝而已，人且爲倮蟲長矣，則凡鳥獸蟲魚皆可謂之蟲也。何以稱蟲天？一切蠢動含靈之屬，有生則有性焉，有性則有慧焉，性即天也，慧則能天也，故曰「惟蟲能蟲，惟蟲能天」，蓋竊取夫漆園之書之義也。何以稱志？志者史之流也，志與史雖小大、詳略之不倫，要其義，悉祖於經焉，何也？史不過掌記時事，志則無所不備録也。然古者鳥獸蟲魚之書率稱經，不必稱史，故相鶴有經，辨馬有經，養魚有經，禽有經，牛、駝、鵝、鴨有經。其書皆能以人之天參羽毛鱗介之天，而其人各各用技能立名天下，太史公所謂高世絶人者也。今志蟲天者，則合衆家，該諸子，兼總條貫，臚列品分，不取於諸經而自爲書者也，徵直爾也。詩之始關雎也，易之首潛龍也，山海經之昉狌狌也，莊生之權輿鵬鷃也，率是道也。然則志之於蟲天也何居？而鬭，而舞，而能言，而傳書，而識字，而奏技，其爲部有六，莫非志也。乃所取必畜於家而恒見於天下者，其他舍旃。懼夫世之人少所見多所怪也，是以鵝徵賜錦，馬紀登床，凡善鬭舞者志矣；而鄭門蛇鬭、鎬京兔舞之説，見爲〔一〕詭而弗載也。唐宮雪衣，平原黄耳，凡能言與傳書者志矣；而龜山青鳥、扈閣鳳皇之説，見謂誣而弗收也。雀有知更，蟲能叩頭，凡識字與奏技者志矣；而啄木寫符、蜈蚣列翠之説，見謂龐而弗録也。首之以原始者何居？次之以叙事者何居？芟夷薀崇，無非窮諸源而探厥委也。又綴之以詩賦而系夫贊者何居？詠歌之不足則贊美之義專。屬事格難盡合，宋元而下繁積兼收，無所舍其舊，而新是謀也。則又何以名曰「非磊落氏」也？注爾雅蟲魚非磊落人，有感於韓子之言而命以自嘲也。甚哉乎公路之愛奇也！公路少好爲詩，詩多清婉秀逸，有所菀結；一託之詩以自見，而中年善病，病且苦，猶不能忘著書。及蟲天志成，問序於錢子，錢子讀而歎曰：若沈君，可謂善言蟲天者歟。其「原始」草創之也，其「叙事」討論之也，其綴詩賦與贊則潤色之也：一志而三善具焉，其誰曰弗古若也？即毋敢名經，庶幾象史。奚啻其志之哉？奚啻其志之哉？是編出，鳥獸之名燦然大備，多識君子將盡爭之，予言宜管窺耳，豈勝蟲天脛翼而令走且飛？姑述所聞爲叙。

〔一〕爲，疑當爲「謂」。

蟲天志小序

余於素園草堂藏書數百函，花午香晴，鍵闢静讀，朱黄比讎，綜討殆徧，然自經史外佐以僊縢梵笈，而於鄉嬛野稗、幽諧誌豔之奇不能盡搜，即搜之不能盡雅。而吾友沈公路先生，以蟲天志示予，予讀之，則排纘精玄，頌贊綺遠，以緗囊錦帙襲而秘之，可謂幽通之殊致、塵座之瑋觀矣。公路少挺淵姿，長蜚鴻藻，以叔寶之〔一〕清神，兼休文之茂彩，歷落嵚崎，弱冠已名如尊宿，盟交四方材儁，多識異人，見異書，所探咀上自墳汲，下逮朝家掌故及百家二氏之微，皆貫穿井畫，洞見顛杪，爲制舉若詩歌古文詞，澄汰空靈，並垂不朽，兹志其副史之一班爾。然而庀材富故比類弘，剪錬工故部置雅，風雅備故託興深，以是藏名山而班於碎金耀玉之林，亦足以傳矣。余嘗謂蠕喙之耑感，草木之芽茁，其恒者如雲霞現前，谷響相答，耳目慣經，不復著晉；而其微者可以測緯象之精，識陰陽之變。故聖神鑄鼎，述爾雅，作山經地誌，若箾成之儀舞，載在典謨，即其他喆人之

〔一〕「之」字原脱，據上下文補。

所唫賦、神仙佛慧之所度脱，皆鑿鑿譜牒，非駕虚鏤影也。或疑其語言伎解，似有夙因，事出意表。夫畫睛之龍，悟經之石，飛木之鳧，精誠所敕，墻壁瓦礫具有靈知，而况血氣之倫乎？昔子瞻讀史，謂當次第作數通可得其事物條貫；而吾鄉先達著述，其志記馴雅無踰陸文裕子淵。令公路觸隱連類，搴薈亡遺，深得端明讀史之法；而撰造之精，几與文裕雁行，雖使孝標徵事，柯古注豪，無以過矣。余懶不復事蒐獮，第手是編，當日進處宗之玄而悟白公之劍哉。

社弟林有麟敘

沈氏蟲天志凡例

是書爲卷十，爲部六：曰鬭，曰舞，曰能言，曰傳書，曰識字，曰奏技。蓋凡有血氣，皆有争心，天也。百獸率舞，亦天也。能言、傳書、識字、奏技，又即争心舞態之所貿而呈岐、而化一，任天志便也。莊生云「惟蟲能蟲，惟蟲能天」，故以名編；韓生云注爾雅蟲魚非磊落人，遂自命以自嘲焉。

是書之成，因予嘗談鬭鵪之法，乃在袁氏集中，坐客殊怪焉。予悲其少所見也，遂自鬭之，類而廣之，以鳥獸蟲魚爲次，必見於往册故牒者，始將而入以昭實録，曰原始，曰叙事，又綴詩賦以侈之揚之，而括以一贊。竊同關雎之亂，不辭貂狗之羞。詩賦繁者不能盡載，如鶴與鸚鵡是也。

記事提要纂言鈎玄，如鷄取賜錦，則長鳴者黜矣；馬取登床，則長駕者黜矣。故黄耳傳書、雪衣持咒，有所取材；若牽黄臂蒼、豢龍馴虎，則姑舍矣。

作書之意不辭固陋以廣夏蟲，豈務荒唐而作野狐？故所取必畜於家恒有於天下者。譬如博弈，猶賢乎已。如鬭有鱗鬭、獺鬭、蛇鬭、龍鬭、虎鬭以至石鬭、水鬭，舞有鸞舞、鳳舞、蚊舞、鼠舞，能言如猩猩、角端，又馬言、魚言，傳書如青鳥、傳信鳥：皆所謂不畜不恒有也。

凡引書，率録全文，間有斷取，不爲損益，即稗野之言，務存其舊。如傅玄鬬鷄賦、謝莊舞馬賦，已失全文，今於三書中捃摭之，亦不遽爲聯合。又如初學記載宋書大明五年吐谷渾拾寅遣使獻舞馬，今考休文宋書不復載此，亦必注明於下，以示有據。

先賢之作，止載其書之名；時彦所著，必標其人之名。蓋先使同人賞其實，以俟後死者謹其諱焉。

家無二酉，愧惠施之藏；病有三彭，歉侯巴之問。目以鈍而刺不深，心以乏而記不强。自知紕漏既多，雅馴不足，所冀大人先生，志在爾雅，恕其穉狂，教之誨之，不敢請耳。

吴淞沈弘正識

男轂似校

沈氏蟲天志目録

沈氏蟲天志目録終

蟲天志卷之一

吴淞非磊落氏沈弘正譔

鬭鷄

原始

爾雅曰：鷄，大者蜀。蜀子，雉。未成鷄，僆。絶有力，奮。疏：此别鷄屬也。按春秋説題辭曰：「鷄爲積陽，南方之象，火陽精，物炎上，故陽出鷄鳴，以類感也。」鷄者，知時畜，其大者名蜀，郭云「今蜀鷄」。蜀之雛子名雉。雛之稍長，未成鷄者名僆，郭云「江東呼鷄少者曰僆」；壯大絶有力者名奮，郭云「諸物有氣力多者，無不健自奮迅，故皆以名云」。

又曰：鷄三尺爲鶤。註：陽溝巨鶤，古之名鷄。江逌曰：鷄，木畜也，木與木相摩則然。故鷄爲善鬭之畜。

清異録曰：郝輪陳别墅畜鷄數百。丁權伯勸諭輪，畜一鷄日殺小蟲無數。

瑣碎録曰：鷄子皆雄者，必有喜事。

宋詡樹畜部曰：鷄忌柳柴煙，能損目。有病，灌以清油，愈。瘟之傳者，磨鐵漿染米與食，愈。水眼，以白礬傅之，愈。

叙事

列子曰：紀渻子爲周宣王養鬭鷄。十日而問：「鷄可鬭已乎？」曰：「未也，方虚憍而恃氣。」十日又問，曰：「未也，猶應景響。」十日又問，曰：「未也，猶疾視而盛氣。」十日又問，曰：「幾矣，鷄雖有鳴者，已無變矣。望之似木鷄矣，其德全矣，異鷄無敢應者，反走耳。」

莊子謂惠子曰：羊溝之鷄，三歲爲株。相者視之，則非良鷄也，然而時勝人者，以狸膏塗其頭也。注：羊溝，鬭鷄處；株，魁帥也。鷄畏狸膏。

左傳曰：季、郈之鷄鬭，季氏介其鷄，郈氏爲之金距。杜預註曰：擣芥子播其羽也。或曰以膠沙播之。賈逵疏曰：擣芥子爲末播其鷄翼，可以坌郈氏鷄目。鄭衆疏曰：介，甲也。爲鷄著甲。高誘注吕氏春秋云：鎧著鷄頭，或曰以膠沙播之，亦不可解。蓋以膠塗鷄之足爪，然後以沙摻之，令其澀，得傷彼鷄也。以郈氏爲金距言之，則著甲是也。

水經註曰：汶水自桃鄉四分，當其泒別之處，謂之四汶口。其左，二水雙流，西南至無鹽縣之郈鄉城南，魯叔孫昭伯之故邑也，禍及鬬鷄矣。

吴時外國傳曰：扶南王范尋以鐵爲鬬鷄假距，與諸將賭戲。

西京雜記曰：太上皇徙長安，居深宫，悽愴不樂。高祖竊因左右問其故，以平生所好皆屠販少年，酤酒賣餅，鬬鷄蹴踘，以此爲懽，今皆無此，以故不樂。高祖乃作新豐，移諸故人實之。太上皇乃悦。

又曰：魯恭王好鬬鷄鴨及鵝鴈，養孔雀、鵁鶄，俸穀一年費二千石。

漢書東方朔傳曰：董偃與母以賣珠爲事，出入主家，左右言其姣好，因留第中，號曰董君。常從上遊戲北宫，馳逐平樂，觀鷄鞠之會，角狗馬之足。

漢書宣帝紀曰：曾孫因依倚廣漢兄弟及祖母家史氏。受詩於東海澓中翁，高材好學，然所喜遊俠，鬬鷄走狗〔二〕。

漢書外戚傳曰：王奉光少時好鬬鷄。宣帝在民間數與奉光會，相識。奉光有女年十餘

〔二〕漢書本作「走馬」。

歲，每當適人，所當適輒死，故久不行。及宣帝即位，召入後宮，稍進爲倢伃。封父奉光爲邛成侯。

鄴都故事曰：魏明帝大和中築鬬鷄臺，趙王石虎亦以芥羽漆砂，鬬鷄于此。

劉昫唐書王勃傳曰：勃爲沛府修撰，甚愛重之。諸王鬬鷄，互有勝負，勃戲爲檄英王鷄文。高宗覽之，怒曰：「據此是交搆之漸。」即日斥勃，不令入府。

又睿宗諸子傳曰：玄宗於興慶宮西南置樓，西面題曰花萼相輝之樓，南面題曰勤政務本之樓。玄宗時登樓，聞諸王音樂之聲，咸召登樓，同榻宴謔，或便幸其第，賜金分帛，厚其歡賞。諸王每日於側門朝見，歸宅之後，即奏樂縱飲，擊毬鬬鷄，或近郊從禽，或別墅追賞，不絕於歲月矣。遊踐之所，中使相望，以爲天子友悌，近古無比。

唐書五行志曰：玄宗好鬬鷄，貴臣外戚皆尚之，貧者或弄木鷄。識者以爲：鷄，酉屬，帝生之歲也；鬬者，兵象。近鷄禍也。

因話録曰：文宗將有事南郊。祀前，本司進相撲人，上曰：「我方清齋，豈合觀此事？」左右曰：「舊例皆有。已在門外祇候。」上曰：「此應是要賞物，可向外撲了，即與賞物令去。」又嘗觀鬬鷄，優人稱歎「大好鷄」。上曰：「鷄既好，便賜汝。」

馮燕傳曰：馮燕者，少以意氣任專，爲擊毬鬬鷄戲。魏市有爭財鬬者，燕聞之往，搏殺不平，遂亡滑，益與滑軍中少年鷄毬相得。

傳

陳鴻祖東城老父傳曰：老父姓賈，名昌，長安宣陽里人。開元元年癸丑生。元和庚寅歲，九十八年矣。視聽不衰，言甚安徐，心且[一]不耗，語太平事歷歷可聽。父忠，長九尺，力能拽倒牛，以材官爲中宫幕士。景龍四年，持幕竿隨玄宗入大明宫，誅韋氏，奉睿宗朝群后，遂爲景雲功臣，以長刀備親衛。詔徙家東雲龍門。昌生七歲，趫捷過人，能摶柱乘梁，善應對，解鳥語音。玄宗在藩邸時，樂民間清明節鬬鷄戲。及即位，治鷄坊於兩宫間，索長安雄鷄金毫鐵距、高冠昂尾千數，養於鷄坊。選六軍小兒五百人，使馴擾教飼。上之好之，民風尤甚。諸王世家、外戚家、貴主家、侯家傾帑破産市鷄，以償鷄直。都中男女以弄鷄爲事，貧者弄假鷄。帝出遊，見昌弄木鷄於雲龍門道傍，召入爲鷄坊小兒，衣食右龍武軍。三尺童子，入鷄群如狎群小，壯者、弱者、勇者、怯者，水穀之時，疾病之候，悉能知之。舉二鷄，鷄畏而馴，使令如人。護鷄坊中謁者王承恩言於玄宗，召試殿庭，皆中玄宗意。即日爲五百小兒長。加之以忠厚謹密，天子甚愛幸之，金帛之賜，日

[一] 且，各本作「力」。

至其家。開元十三年，鷄籠三百，從封東嶽。父忠死太山下，得子禮奉尸歸葬雍州，縣官爲葬器、喪車，乘傳洛陽道。十四年三月，衣鬬鷄服，會玄宗於温泉，當時天下號爲「神鷄童」。時人爲之語曰：「生兒不用識文字，鬬鷄走馬勝讀書。賈家小兒年十三，富貴榮華代不如。能令金距〔一〕期勝負，白羅繡衫隨軟轝。父死長安千里外，差夫持〔二〕道挽喪車。」昭成皇后之在相王府，誕聖於八月五日。中興之後，制爲千秋節。賜天下民牛酒樂三日，命之曰酺，以爲常也。大合樂於宫中，歲或酺於洛。元會於清明節，率皆在驪山。每至是日，萬樂具舉，六宫畢從。昌冠雕翠金華冠，錦袖繡襦袴，執鐸拂，導群鷄叙立於廣場，顧眄如神，指揮風生。樹毛振翼，礪吻磨距，抑怒待勝，進退有期，隨鞭指低昂，不失昌度。勝負既決，彊〔三〕者前，弱者後，隨昌鴈行，歸於鷄坊。角觝萬夫，跳劍尋橦，蹴毬踏繩，舞於竿顛者，索氣沮色，逡巡不敢入。豈教猱擾龍之徒歟？二十三年，玄宗爲娶梨園弟子潘大同女，男服珮玉，女服繡襦，皆出御府。昌男至信、至德。天寶中，妻潘氏以歌舞重幸於楊貴妃。夫婦席寵四十年，恩澤不渝，豈不敏於伎、謹於心乎？上生於乙酉鷄辰，使人朝服鬬鷄，兆亂於太平矣。上心不悟。十四載，胡羯陷洛，潼關不守。大駕幸成都，奔衛

〔一〕距，原作「鉅」。
〔二〕持，原作「特」。
〔三〕彊，原訛「疆」。

乘輦。夜出便門，馬蹄道阱，傷足，不能進，杖〔一〕入南山。每進鷄之日，則向西南大哭。禄山往年朝於京師，識昌於横門外。及亂二京，以千金購昌長安、洛陽市。昌變姓名，依於佛舍，除地擊鐘〔二〕，施力於佛。洎太上皇歸興慶宫，肅宗受命於别殿，昌還舊里。居室爲兵掠，家無遺物。布衣顦顇，不復得入禁門矣。明日，復出長安南門，道見妻兒於招國里，菜色黯焉，兒荷薪，妻負故絮。昌聚哭，訣於道。遂長逝，息長安佛寺，學大師佛旨。大曆元年，依資聖寺大德僧運平住東市海池，立陁羅尼石幢。書能紀姓名，讀釋氏經亦能了其深義至道，以善心化市井人。建僧房佛舍，植美艸甘木。晝把土擁根，汲水灌竹，夜正觀於禪室。建中三年，僧運平人壽盡。服禮畢，奉舍利塔於長安東門外鎮國寺東偏，手植松柏百株，搆小舍居於塔下，朝夕焚香灑掃，事師如生。順宗在東宫，捨錢三十萬，爲昌立大師影堂及齋舍。又立外屋，居遊民，取傭給。昌因日食粥一杯，漿水一升，卧艸席，絮衣。過是，悉歸於佛。妻潘氏後亦不知所往。貞〔三〕元中，長子至信衣并州甲，隨大司徒燧入覲，省昌於長壽里。昌如己不生，絶之使去。次子至德歸，販繒洛陽市，來往長安間，歲以金帛奉昌，皆絶之。遂俱去不復來。元和中，潁川陳鴻祖攜友人出春明門，見竹柏

〔一〕杖，原訛「伏」。
〔二〕原訛作「依佛舍，除地於擊鐘」。
〔三〕貞，原訛「真」。

森然，香煙聞於道，下馬覲昌於塔下，聽其言，忘日之暮。宿鴻祖於齋舍，話身之出處，皆有條貫，遂及王制。鴻祖問開元之理亂，昌曰：「老人少年以鬭鷄求媚於上，上倡優蓄之，家於外宫，安足以知朝廷之事也？然有以爲吾子言者。老人見黄門侍郎杜暹，出爲磧西節度，攝御史大夫，始假風憲以威遠。見哥舒翰之鎮涼州也，下石堡，戍青海城，出白龍，逾葱嶺，界鐵關，總管河左道，七命始攝御史大夫。見張説之領幽州也，每歲入關，輒長轅輓輜車，輦河間薊州傭調繒布，駕轊連軏，坌入關門。輸于王府，江淮綺縠，巴蜀錦繡，後宫玩好而已。河州燉煌道，歲屯田，實邊食，餘粟轉輸靈州，漕下黄河，入太原倉，備關中凶年。關中粟麥藏于百姓。天子幸五嶽，從官千乘萬騎，不食于民。老人歲時伏臘得歸休，行都市間，見有賣白衫白疊布。行鄰比廛間〔二〕，有人禳病，法用皂布一匹，持重價不克致，竟以幞頭羅代之。近者老人扶杖出門，閲街衢中，東西南北視之，見白衫者不滿百，豈天下之人皆執兵乎？開元十二年詔，三省侍郎有缺，先求曾任刺史者；郎官缺，先求曾任縣令者。及老人見四十，三省郎吏，有理刑才名，大者出刺郡，小者鎮縣。自老人居大道傍，往往有郡太守休馬于此，皆慘然不樂朝廷沙汰使治郡。開元取士，孝悌治人而已，不聞進士宏詞拔萃之爲其得人也。大略如此。」因泣下，復言曰：「上皇北臣穹廬，東臣鷄林，南臣滇

〔二〕 間，原訛「閒」。

池，西臣昆夷，三歲一來朝會。視之禮容，照之恩澤，衣之錦絮，飫之酒食，使展事而去，都中無留外國賓。今北胡與京師雜處，娶妻生子，長安中少年有胡心矣。吾子視首飾韡〔二〕服之制，不與向同，得非物妖乎？」鴻祖默不敢應而罷去。

記

袁宏道山居鬬鷄記曰：「余向在山居，南鄰一姓金氏，隱於掾，愛畜美鷄；一姓蔣氏，隱於商，從燕地歸，得一巨鷄。燕地種原巨，而此巨特甚，足高尺許，麤毛厲嘴，行遲遲有野鸛狀，婆娑可人。群鷄見之輒避去，獨掾隱家一鷄，縱步飲啄如常，玉羽金冠，娟然更又可人，然其體狀較之巨鷄止可五之一。巨鷄遇之，侮其小，隨意加啅。美鷄體狀雖小，氣不肯下，便躍然起鬬。巨鷄張翅雄視，時欲即下；美鷄惟凝意抵防，不敢輕發。於是各張武勇，且前且後，兩兩相持，每費余刻。巨鷄或逞雄一下，美鷄自分不能當，即乘來勢從匿巨鷄跨下，避其銜甚巧。巨鷄一時不知美鷄置身何所，美鷄從巨鷄尾後騰起，乘其不意，亦得一加于巨鷄。巨鷄纔一受毒，便怒張撲來。美鷄巧不及避，乃大受荼毒。余自初觀鬬至此，大抵見美鷄或得一捷，則大生歡喜，且睜睜盼美

〔二〕韡，原作「華」。

鷄或再捷而卒不可得，而亦終不想及爲之所，美鷄將不堪。余政在煩惱間，有童子從東來，停足凝眸，既而抱不平，乃手搏巨鷄，容美鷄恣意數啅，復大揮巨鷄幾掌。巨鷄失勢遁去，美鷄乘勢躡其後，直抵其家。須臾巨鷄復還，追美鷄至鬭所，童子仍前如是，如是再四。適兩書生過，見童子諄諄用意爲此，乃笑曰：「我未見人而乃與畜類相搏以爲事也。」童子曰：「較之讀書帶烏紗帽，與豪家橫族共搏小民，不猶愈耶？」兩書生愧去。余久病，未嘗出里許，世間鋤强扶弱豪行快舉，了不得見。見此以爲奇，逢人便説，説而人笑，余亦笑；人不笑，余亦笑。説而笑，笑而跳，竟以此了一日也。

説

羅隱説天鷄曰：狙氏子不得父術，而得鷄之性焉。其畜養者，冠距不舉，毛羽不彰，兀然若無飲啄意；洎見敵則他鷄之雄也，伺晨則他鷄之先也，故謂之天鷄。狙氏死，傳其術於子焉。且反先人之道，非毛羽彩錯、觜距銛利者不與其棲，無復向時伺晨之儔、見敵之勇。峨冠高步，飲啄而已。吁，道之壞矣有是夫！

賦

傅休奕鬬鷄賦：玄羽黝而含曜兮，素毛〔二〕潁而揚精。紅縹厠於微黄兮，翠彩蔚而流青。五色錯而成文兮，質光麗而豐盈。前看如倒，傍視如傾。目象規作，觜似削成。高膺峭峙，雙翅齊平。躍身竦體，怒勢横生。爪似鍊鋼，目如奔星。揚翅因風，撫翮長鳴。猛志横逸，勢凌天庭。又曰：或躑躅踟蹰，或蹀躡容與。或爬地俯仰，或撫翼未舉。或狼顧鴟視，或鸞翔鳳舞。或佯背而引敵，或畢命於强禦。於是紛紜翕赫，雷合電擊，争奮身而相戟兮，競〔三〕隼鷙而鵰睨。得勢者凌九天，失據者淪九地。徒觀其戰也，則距不虚挂，翮不徒拊。意如饑鷹，勢如逸虎。

浩虚舟木鷄賦：惟昔有人，心至術精。得鷄之情，情可馴而無小無大，術既盡而不飛不鳴。對勍敵以自持，堅如挺植；登廣場而莫顧，混若削成。初其教以自然，誘之不懼，希漸染而能化，將枯槁而是喻。質殊樸斲，用明不競之由；狀匪雕鎪，蓋取無情之故。然則飲啄必異，嬉遊每殊，伫栖心而自若，期顧敵而如無。日就月將，功盡而稍同顛蘖；不震不悚，性成而漸若朽株。

〔二〕毛，原訛「已」。

〔三〕競，原訛「竟」，據初學記等改。

已而芥羽距設，一作「玄羽距翔」。雕籠莫閉，卓然之志〔一〕全變，兀若之姿已致。首圓脛直，輪桷之狀具呈；嘴利距銛，枳枸之芒並利。是以縱逸情絶，端良氣全，臆離披而踵附，眸眩曜而節穿。驚被文而錦翼蔚矣，迷搴木而花冠爛然。虛驕者懷不才之虞，安能自恃；賈勇者有攻堅之懼，莫敢爭先。故能進異激昂，處同虛寂，郢工誤起乎心匠，郈氏徒驚乎目擊。澹然無撓，子綦之質方儔；確爾不回，周勃之強未敵。之一作「其」。喻斯在，其由可徵。馴致已忘一作「忌」。乎力制，積習潛通乎性能。是則語南國者未足與議，鬭東郊者無德而稱。士有特力自持，端然不倚，塊其形而與木無二，灰其心而顧鷄若是。彼靜勝之深誡，冀一鳴而在此。

詩

曹植鬭鷄篇：遊目極妙伎，清聽厭宮商。主人寂無爲，衆賓進樂方。長筵坐戲客，鬭鷄閒觀樂府作「觀閒」。房。群雄正翕赫，雙翅自飛揚。揮羽激樂府作「邀」。清風，博樂府作「悍」。目發朱光。觜落輕毛散，嚴距往往傷。長鳴入青雲，扇翼獨翺翔。願蒙狸膏助，常得擅此場。

劉楨鬭鷄篇：丹鷄被華采，雙距如鋒芒。願一揚炎威，會戰此中唐。利爪探玉除，瞋目含火

〔一〕志，原訛「至」。

光。長翹驚風起，勁翮正敷張。輕舉奮勾喙，電擊復還翔。

應瑒鬭鷄篇：戚戚懷不樂，無以釋勞勤。兄弟遊戲場，命駕迎衆賓。二部分曹伍，群鷄焕以陳。雙距解長緤，飛踊超敵倫。芥羽張金距，連戰何繽紛。從朝至日夕，勝負尚未分。專場駈衆敵，剛捷逸等群。四坐同休贊，賓主懷悦欣。博弈非不樂，此戲世所珍。

梁簡文帝鬭鷄篇：歡樂良無已，東郊春可遊。百花非一色，新田多異流。龍尾横津漢，車箱起戍樓。玉冠初警敵，芥羽忽猜儔。十日驕既滿，九勝勢恒遒。脱使田饒見，堪能説魯侯。

劉孝威鬭鷄篇：丹鷄翠翼張，妒敵復專場。翅中含芥粉，距外耀金芒。氣逾上黨烈，名貴下韝良。祭橋愁魏后，食跖忌齊王。願賜淮南藥，一使雲間翔。

徐陵鬭鷄詩：季子聊爲戲，陳王欲騁才。花冠已衝力，芥爪復驚媒。鬭鳳羞衣錦，雙鸞耻鏡臺。陳倉若有信，爲覓寶鷄來。

周弘正詠老敗鬭鷄詩：少壯摧雄敵，眄視生猜忌。一隨年月衰，摧頹落毛駛。閒觀春光滿，東郊艸色異。無復先鳴力，空餘擅場意。

褚玠鬭鷄東郊道：春郊鬭鷄侶，捧敵兩逢迎。妒一作「詭」。群排袖出，帶勇向場驚。錦毛侵距散，芥羽雜塵生。還同戰勝罷，耿介寄前鳴。

庾信鬭鷄詩：開軒望平子，驟馬看陳王。狸膏燻鬭敵，芥粉壒春場。解翅蓮花動，猜群錦臆張。

王褒看鬬鷄詩：躞蹀始横行，意氣欲相傾。妒敵金芒起，猜群芥粉生。入場疑挑戰，逐退似追兵。誰知函谷下，人去獨開城。

杜淹詠寒食鬬鷄應秦王教詩：寒食東郊道，揚鞲唐世説「揚鞲」作「陽溝」。競出籠。花冠初一作「偏」。照日，芥羽正生風。顧敵知心勇，先鳴覺氣雄。長翹頻掃陣，利爪一作「距」。屢通中。飛毛遍緑埜，灑血漬芳叢。雖然一作「言」。百戰勝，會自不論功。

杜甫鬬鷄詩：鬬鷄初賜錦，舞馬既登床。簾下宫人出，樓前御柳長。僊遊終一閟，女樂久無香。寂寞驪山道，清秋艸木黄。

韓愈集鬬鷄聯句：大鷄昂然來，小鷄竦而待。愈峥嶸顛盛氣，洗刷凝鮮彩。郊高行若矜豪，側睨如伺殆。愈精光目相射，劍戟心獨在。郊既取冠爲胄，復以距爲鐓。天時得清寒，地利挾爽塏。愈磔毛各噤瘁，怒瘿争碨磊。俄膺忽爾低，植立瞥而改。郊腷音愎。膊音粕。戰聲喧，繽翻落羽皠。中休事未决，小挫勢益倍。愈妒腸務生敵，賊性專相醢。裂血失鳴聲，啄殷烏閑切。甚饑餒。郊對起何急驚，隨旋誠巧紿。毒手飽李陽，神槌曰朱亥。愈惻心我以行，碎首爾何罪。獨勝事有然，傍驚汗流浼。郊知雄欣動顔，怯負愁看賄。争觀雲填道，助叫波翻海。愈事爪深難解，嗔睛時未怠。一噴一醒然，再接再礪乃。郊頭垂碎丹砂，翼搨拖錦綵。連軒尚賈餘，清厲比歸凱。愈選

俊感收毛，受恩慚始隗。英心甘鬭死，義肉耻庖宰。君看鬭鷄篇，短韻有可採。郊

李商隱鷄：稻粱猶足活諸雛，妒敵專場好自娱。可要五更驚穩夢，不辭風雪爲陽烏。

王建春日五門西望詩：百官朝下五門西，塵起春風過玉堤。黄帕蓋鞍呈了馬，紅羅繫頂鬭回鷄。館松枝重牆頭出，御柳條長水面齊。唯有教坊南艸緑，古苔陰地冷凄凄。

黄庭堅養鬭鷄：峥嶸已介季氏甲，更以黄金飾兩戈。雖有英心甘鬭死，其如紀消木鷄何。

梅堯臣鬭鷄：舟子抱鷄來，雄鷄待高岸。側行初取勢，俯啄示无〔一〕憚。先〔二〕鳴氣益振，奮擊心非愞。勇頸毛逆張，怒目背飛汗。血流何所争，死鬭欲充玩。應當激猛毅，豈獨專晨旦。勝酒人自私，粒食誰爾唤。緬懷彼興魏，傍睨當衰漢。徒然驅國衆，曾靡救時難。群雄自苦戰，九錫〔三〕邀平亂。寶玉歸大姦，干戈託奇筭。從來小資大，聊用一長嘆。

王珪宫詞：寒食清明小殿傍，綵樓雙夾鬭鷄場。内人對御分明看，先賭紅羅十檐床。

李覯盱江集咏鷄：嗟爾羽蟲類，昂然冠距麤。徒爲識昏曉，猶未免庖廚。年少苦令鬭，主人頻見呼。寧思避弋者，天外去鴻孤。

〔一〕无，原訛「元」。
〔二〕先，原訛「光」。
〔三〕錫，原訛「鈎」。

屠隆由拳集鬭鷄：東郊春日曉，擾擾鬭鷄人。百戰圍仍合，千場賭未貧。長鳴動紫陌，奮距蹙紅塵。遮莫論金芥，雌雄未足陳。

徐渭緑礬綵鷄：有人持縑兩束黄，云欲换藥爛人腸。山中老翁一槐子，聞之不語股粟竪。人命豈止千黄金，一匕入口言者喑。卻買緑礬付其手，充爲野葛甘其心。此夫持向讎家飯，朝餐暮餐腸不爛。半年始覺毒無功，一掬不知翁所换。人來問翁翁説與，其人低頭淚交雨。魑魅陰崖白日光，冰霜枝上春風縷。春風縷，白日光，能令殺人劍，韜匣戢其鋩。翁子邈然豈望報，由來福善天之道。籠雛一隻小於拳，鬭場翻作翻波叫。翻波叫，不足奇，雙翰一日五采衣。高冠雉尾聳一丈，紫光紅焰青天輝。五洩山頭飛瀑布，帶長遥拂長練素，一百年來真鳳凰。此鷄一躍上天路，還付郎君隱玄霧。至今人，流聲芳，緑礬德，采鷄祥。

非磊落氏贊曰：

有勃公子，寡人之雄。塒棲桀立，索敵不逢。引望如木，反走如風。何來賈兒，號神鷄童。無乃倢化，與鶤意通。人禽未分，吾思鴻蒙。

蟲天志卷之一終

蟲天志卷之二

吴淞非磊落氏沈弘正譔

鬬鵝

原始

爾雅曰：舒鴈，鵝。註云：禮記曰：出如舒鴈。今江東呼鴚。鴚音加。

禽經曰：鵝䞁月。註云：伏月卵，則向月，取其氣助卵也。

禽獸録曰：鵝性頑而傲，迫之而愈前，抑之而愈卬。

格物總論曰：鵝有蒼、白二色，綠眼，黃喙[一]，紅掌。善鬭，好啖蛇，多溪毒處養此以辟之。

或者又云鵝不食生蟲，今本艸言鵝子亦噉蚯蚓輩，可知已。

物類相感志曰：喜日鵝，漢武帝得之於御池苑中。其鵝至日出時則自啣翅而舞，一名舞鵝。

叙事

世説新語曰：桓南郡小兒時，與諸從兄弟各養鵝共鬭。南郡鵝每不如，甚以爲忿。迺夜往鵝欄間，取諸兄弟鵝悉殺之。既曉，家人咸以驚駭，云是變怪，以白車騎。車騎曰：「無所致怪，當是南郡戲耳。」問，果如之。

唐書田令孜傳曰：僖宗即位，擢令孜左神策軍中尉。是時西門匡範位右中尉，世號「東軍」、「西軍」。帝冲騃，喜鬭鵝走馬，數幸六王宅、興慶池與諸王鬭鵝，一鵝至五十萬錢。

非磊落氏贊曰：

綠水清淵，曲項向天。既頑既傲，迫而愈前。亦白其羽，紅掌堪憐。鶂鶂賈勇，什伯萬

[一] 喙，原訛「啄」。

錢。南郡欄下，興慶池邊。曷若山陰，换得如椽。

鬭鴨

原始

禽經曰：水鶩，澤則群，擾則逐。註曰：鶩，埜鴨也，飛止大澤之中，群處；既豢擾之，惡其族類而相逼逐也。

又曰：鴨以怒睨。

王楙野客叢談曰：世爲戲語嘲姓奚者，以謂鴨姓奚，呼奚必來。因觀應劭風俗通謂鷄本朱氏翁所化，故呼朱必來，不覺發笑。又觀施肩吾詩曰「遺卻白鷄呼喌喌」，喌音祝，得非朱與祝聲相近邪？此語已見於古。今呼犬爲盧，則戰國策有韓盧，齊詩有盧令，而盧之聲亦久矣。

叙事

吴志孫權傳注引江表傳曰：魏文帝遣使求雀頭香、大貝、明珠、象牙、犀角、瑇瑁、孔雀、翡翠、鬬鴨、長鳴鷄。群臣奏曰：「荆、揚二州貢有常典，魏所求珍玩之物，非禮也，宜勿與。」權曰：「昔惠施尊齊爲王，客難之曰：公之學去尊，今王齊，何其倒也？惠子曰：有人於此，欲擊其愛子之頭，而石可以代之。子頭所重而石所輕也，以輕代重，何爲不可乎？方有事於西北，江表元元恃主爲命，非我愛子邪？彼所求者於我瓦石耳，孤何惜焉？彼在諒闇之中而所求若此，寧可與言禮哉？」皆具以與之。

吴志陸遜傳曰：建昌侯慮於堂前作鬬鴨欄，頗施小巧。遜正色曰：「君侯宜勤覽經典以自新益，用此何爲？」慮即時毁撤之。

岳陽風土記曰：鴨欄磯，建昌侯孫慮鬬鴨之所，陸遜嘗諫止之。與白螺山相望。

南史王僧達傳曰：僧達少好學，善屬文，爲太子舍人，坐屬疾，而於揚列橋觀鬬鴨，爲有司所糾，原不問。

新唐書齊王祐傳曰：祐喜養鬬鴨，方未反，狸齚鴨四十餘，絶其頭去。及敗，牽連誅死者凡四十餘人。

中吴紀聞曰：陸魯望有鬬鴨，極馴養。一日驛使過而挾彈斃其善鳴者。魯望曰：「此鴨善人言，見欲上進，使者奈何斃之？」盡以囊金償之，徐問人語之狀。魯望曰：「能自呼其名爾。」使者憤且笑，拂袖上馬。復召之，還其金。

賦

蔡洪鬭鳧賦：嘉乾黄之散授，何氣化之有靈。産羽蟲之麗鳥，惟鬭鴨之最精。禀離午之淑氣，體鸞鳳之妙形。服文藻之華羽，備豔采之翠英。冠葩緑以曜首，綴素色以點纓。性浮捷以輕躁，聲清響而好鳴。感秋商之肅烈，從金氣以出征。招爽敵於戲門，交武勢於川庭。爾乃振勁羽，竦六翮，抗嚴趾，望雄敵。忽雷起而電發，赴洪波以奮擊。

李邕鬭鴨賦：東吴王孫，笑〔一〕傲閶門。魚横玉劍，蟻沸金樽。賓僚霧進，遊俠星奔。桂舟兮錦纜，碧澗兮花源。爾乃輟輕棹，登水閣，絲管遞進，獻酬交錯。雲欲起而中留，塵將飛而遂落。既而酣歌徒座，取物爲娱，儆羽毛之好鳥，得渤澥之仙鳧。出籠而振，少步而趨。唼喋争食，褵褷帶雛。隨緑波而澹淡，向紅藻而傲愉。鳧之爲物也，説類殊種，遷延遲重。其聚則同而不和，其鬭則仁而有勇。參差聱軋疑作「乢」。，飄疑作「颯」。沓疑作「沓」。繽紛。其浮蔽水，其旋如雲。共沿〔二〕波而弄吭，各求疋而爲群。繞菰蒲而相逐，隔洲渚而相聞。於是乎會合紛泊，崩奔鼓作。集如異

〔一〕笑，全唐文作「嘯」。

〔二〕沿，原訛「沿」。

國之同盟，散若諸侯之背約。迭爲擒縱，更相觸搏。或雜披以折衝，或奮振以前卻。始戮力兮決勝，終追飛兮襲弱。聳謂鶩鴻，迴疑返鵲。逼仄兮掣裔，聯翩兮踴躍。忽驚迸以差池，倏浮沉而閃爍。號噪兮沸亂，傾耳爲之無聞；超騰兮往來，澄潭爲之濆〔一〕濩。排錦石，蹴瓊沙；披羽翰，簸煙霞。避參差之荇菜，隨菡萏之荷花。駐江妃之往棹，留海客之歸槎。而乃擁津塞浦，辨〔二〕觀如堵，空里廛，旬厲天。蛙黽兮失穴，鼉魚兮透泉。專埸之鷄沮氣，傾市之鶴慚妍。其爲狀也不一，其爲態也且千。豈筆精之所擬，非意匠之能傳。良戒之於在鬬，俾聞義而忘筌。

詩

張説巴陵早春同趙侍御作：江上春來早可觀，巧將春物一作「色」。妒餘寒。水一作「冰」。苔共繞留鳥石，花鳥争開鬬鴨欄。佩勝芳辰日漸暖，然燈美夜月初團。意隨北鴈雲飛去，直待南州蕙艸殘。

高啓集鬬鴨篇：春波漾群鳧，戲鬬每堪翫。宛轉迴翠吭，褵褷振文翰。聲兼江雨喧，影逐浦

〔一〕濆，原訛「潰」。
〔二〕辨，一作「旁」。

雲亂。唼喋隊初交，紛披勢將散。持敵忽同沉，呼儔更相喚。時陳水檻側，或聚湖亭畔。長鳴若賈勇，遠奮如追竄。荷葉觸俱翻，菱絲罥齊斷。魚駭没中流，鷗驚起前岸。心踰隴雉驕，氣壓場鷄悍。海客朝自驅，溪娃晚猶看。稍欲礙行舟，渾忘避流彈。苦争應爲食，幸勝非因筭。微鳥昧全軀，臨川獨成嘆。

方應選衆甫集過白蓮寺尋陸龜蒙放鴨池時芍藥盛開：寂寂郫墟一徑斜，偶然扶屐到僧家。白蓮清淨留珠蕊，紅藥葳蕤上碧紗。古壁苔深封繡佛，枯藤鼠鬬落空花。總輸居士池頭鴨，日伴妖狐狎晚沙。

詞

馮延巳春閨謁金門：風乍起，吹皺一池春水。閒引鴛鴦芳徑裏，手挼紅杏蕊。　鬬鴨欄干獨倚，碧玉搔頭斜墜。終日望君君不至，舉頭聞鵲喜。

非磊落氏贊曰：

有鴨有鴨，生與水狎。奮擊逞雄，紛披合法。挾子禳褷，攘粒唼喋。怒睨孔威，剛性不乏。惟爾水戰，颯雪吸呷。揚列橋邊，白螺山峽。

鬬鵪鶉

原始

爾雅曰：鵪〔一〕，鶉。其雄，鶛；牝，痺。注：鶉鵪屬。痺音脾。疏：即上云「駕，鴾母，田鼠所化」者。

又云：鶉子鳼，駕子鸋。注：别鵪鶉雛之名。

素問曰：駕即鶉也。是鷂也、鶉也、駕也，三名而一物。初生曰羅鶉，初秋時名曰蚤秋，中秋以後名曰白唐。夏出秋藏，飛則附艸，迺火類也。無常居，有常匹。性醇，不越横艸，恐觸其嗉也。如遇横草，則旋行轉避，亦性醇之故也。

禽經曰：駕鶉野則義，豢則搏。註曰：月令曰：田鼠化爲駕，關東謂之鶉，蜀隴謂之循。在田，得食，鳴相呼，夜則群飛，晝則艸伏。馴養之久，見食相搏鬬也。

嬾真子曰：南方朱鳥，蓋未爲鶉首，午爲鶉火，巳爲鶉尾。天道左旋，二十八宿右轉，而朱鳥

〔一〕鵪，爾雅作「鷂」。

之首在西，故先曰未，次曰午，卒曰巳也。然南方七宿之中，四宿爲朱鳥之象。漢天文志：柳爲鳥味，星爲鳥頸，張爲鳥啄，翼爲鳥翼。或問：朱鳥而獨取於鶉，何也？僕對曰：朱鳥之象，止於翼宿，而不言尾，有似於鶉，故以名之。然謂之鶉尾者，嘗〔一〕問元城先生。先生曰：蓋以翼爲尾云。故甘氏星經云：鳥之鬭，竦其尾；鶉之鬭，竦其翼。以此知之。

清異録曰：鶉之爲性，聞同類之聲則至。熟其性，必求鶉之善鳴者誘致，則無不獲。自號引鶉爲「長生網」。

叙事

太和正音譜曰：名同音律不同者，中吕鬭鵪鶉，越調鬭鵪鶉。

東軒筆録曰：王荆公糾察刑役〔二〕，駁開封府斷争鵪鶉公事，而韓魏公以開封爲直。

爾雅翼曰：鶉性雖諄，然特好鬭。今人以平底錦〔三〕囊養之，懷袖間，樂觀其鬭。大率食粟者不過再鬭，食穄者尤耿介，一鬭而已。物之小而健無若此者。

〔一〕嘗，原訛「常」。

〔二〕役，東軒筆録作「獄」。

〔三〕錦，原訛「綿」。

詩

祝允明鷓鴣：利口如錐豈利身，名題越調耳常新。莫教輕與人將去，又遣金陵枉殺人。

非磊落氏贊曰：

朱鳥南方，化爲白唐。有翼無尾，鶡之彊彊〔一〕。名懸越調，身幽錦囊。在埜何義，今爭糗糧。長生網口，曷不審將。出入懷袖，養如鳳凰。

鬭鵪鶉

原始

崔豹古今注曰：鵪鶉出南方，鳴常自呼。常向日而飛，畏霜露，早晚希出。有時夜飛，則以

〔一〕彊彊，原作「疆疆」。

樹葉覆其背上。

桂海虞衡志曰：鷓鴣大如竹鷄而差長，頭如鶉，身文亦然，惟臆前白點正圓如珠。

清賞録曰：鷓鴣一名内史，一名花豸。

宋永亨異聞録曰：鷓鴣性好潔。獵人於茂林間浄揮[一]掃地，稍散穀於上，禽往來行遊，且步且啄，則以黐竿取之。

叙事

夢溪筆談曰：莊子曰：「畜虎者不與全物、生物。」此爲誠言。嘗有人善調山鷓使之鬭，莫可與敵。人有得其術者，每食則以山鷓皮裹肉哺之，久之，望見其鷓則欲搏而食之。此以所養移其性也。

詩

李太白山鷓鴣：苦竹嶺頭秋月輝，苦竹南枝鷓鴣飛。嫁得燕山胡鴈婿，欲啣我向鴈門歸。山鷄翟雉來相勸，南禽多被北禽欺。紫塞嚴霜如劍戟，蒼梧故巢難背違。我心誓死不能去，哀鳴

〔一〕「揮」字疑衍。

驚叫淚沾衣。

白居易山鷓鴣：山鷓鴣，朝朝暮暮啼復啼，啼時白露風淒淒。黃茅岡頭秋日晚，苦竹嶺下寒月低。畬田有粟何不啄？石楠有枝何不棲？迢迢不緩復不急，樓上舟中聲暗入。夢鄉僊客展轉臥，抱兒寡婦彷徨立。山鷓鴣，爾本此〔一〕鄉鳥，生不辭巢不別群，何苦聲聲啼到曉？啼到曉，唯能愁北人，南人慣聞如不聞。

李群玉山鷓鴣〔二〕：落照蒼茫秋艸明，鷓鴣啼處遠人行。正穿屈曲崎嶇路，更聽鈎輈格磔〔三〕聲。曾泊桂江深岸雨，亦於松嶺阻歸程。此時爲爾腸千斷，乞放今宵白髮生。

韋莊山鷓鴣：南禽無侶似相依，錦翅雙雙傍馬飛。孤竹廟前啼暮雨，汨羅祠畔弔殘暉。秦人只解歌爲曲，越女空能畫作衣。懊惱澤家非有恨，年年長憶鳳城歸。

黃庭堅戲詠零陵李宗古居士家馴鷓鴣二首：李唯一妻一女，垂老病足，養鷓鴣、鸜鵒以樂餘年。山雌之弟竹雞兄，乍入雕籠便不驚。此鳥爲公行不得，報晴報雨總同聲。真人夢出大槐宮，萬里蒼梧一洗空。終日憂兄行不得，鷓鴣當是鼻亭公。

〔一〕此，原訛「北」。

〔二〕題或作九子坡聞鷓鴣（全唐詩卷五六九）。

〔三〕格磔，原倒作「磔格」。

鄭谷山鷓鴣：暖戲煙蕪錦翼齊，品流應是近山鷄。雨昏青艸湖邊過，花落黄陵廟裏啼。遊子乍聞征袖濕，佳人纔唱翠眉低。相呼相應湘江闊，苦竹叢深春日西。

楊廷秀山鷓鴣：山行三日厭泥行，幸自今朝得一晴。又聽數聲泥滑滑，情知浪語也心驚。

非磊落氏贊曰：

山雌之弟，竹鷄之哥。鈎輈格磔，鷓鴣可羅。時乎夜飛，覆葉在背。泥滑泥滑，客心欲碎。攫食争雄，出山入籠。爲行不得，憂心忡忡。

鬬百舌

原始

月令注曰：變易其聲，倣〔一〕百鳥之鳴。

〔一〕倣，原訛「傲」。據初學記等改。一本作「效」。

朝野僉載曰：百舌春囀夏止，惟食蚯蚓。正月後凍開蚓出而來，十月後蚓藏而往。蓋物之相感也。

叙事

宋祁益部方物略記曰：百舌鳥，出中[一]蜀山谷間。毛采翠碧，蜀人多畜之，一云翠碧鳥。善效他禽語，凡數十種，非東方所謂反舌無聲者。往往亦矜鬪，至死不解，然捕者告罕，故惜之，不使極其擊云。

贊

宋祁贊曰：緑衣紺尾，一啼百轉。可樊而畜，爲世嘉玩。

非磊落氏贊曰：

惟此百舌，非彼百舌。翠碧軒軒，羽衣超傑。亦賣其音，百戰不折。中蜀産之，鳥類稱

〔一〕中，一本作「邛」。

絶。載於略記，與茌雀埒。蒼毛尖嘴，難乎爲列。

鬪茌雀

叙事

宋祁益部方物略記茌雀曰：每歲茌且熟，是則群至食其實。性好鬪，人捕之，裒錢使決勝負。閭里嘈觀，至一雀直數千錢。官司惡民贅聚，每下符禁叱之。

贊

宋祁贊曰：緇緑厠采，喜茌克膒。奮頸陪腮，矜健於咮。里人裒貲，以佐其鬪。

非磊落氏贊曰：

益州風物，茌熟雀來。茌多致醉，自罹羅災。矜鬪不止，厥亦武哉。爲世所玩，姿也實才。一擲百萬，借以爲媒。子京標贊，名走埏垓。

鬭黄頭

原始

嘉定志曰：黄頭善鬭。

叙事

李昌齡樂善録曰：張道甫好養鵪鶉及青師姑，以其鬭而不勝，則怒折其足。

又有孫師韓者，亦好養弄，其鬭而不勝，亦復如張怒折其足。

又曰：夫養弄之人，若積其生平所殺之數，已自不可勝紀，況捕之與販之者，其所殺可勝言哉？

賦

徐文長十白賦曰：鳥曰黄頭，猛以善鬭。白秉金精，儼爾介胄。虞人網以奏功，如拔猛士於千夫；幕府喜而錫金，似擲抔土於一覆。

詩

徐文長集題風鳶圖：新生犢子鼻如油，有索難穿百自由。纔見春郊鳶事歇，又搓彈子打黃頭。

鬬畫眉

非磊落氏贊曰：

艸有白頭，鳥有黃〔二〕頭。白頭罔鬬，盛氣黃頭。金籠翠幄，雙眼如油。咮類矢觸，錚錚不休。時乎失勢，鐵足奮鈎。世有懦夫，視爾良羞。

原始

李夢陽貢禽賦曰：駭人哉！則畫眉、秦吉了、山鶘、五色鸚鵡、番鷄、孔雀、緑鳩、火鳩、白鷴、

〔二〕黃，原訛「白」，據文意改。

紅鴨。

陶望齡歇菴集曰：過日鑄嶺，稀見餘鳥，惟聞畫眉而已。山人言：此鳥各占一山頭，其侶過之必苦鬭，自來無共棲者。予異其質似嫵媚而志甚貞果。

周暉金陵瑣事曰：畫眉鳥，一友人名之曰京兆鳥，乃取張敞故事。

叙事

夷堅志曰：黟縣黃祝紹先爲鄱陽主簿。慶元二年四月，有偷兒入其室，收拾衣衾，分寘兩囊，臨欲去，黃氏育畫眉一禽，頗馴黠，解人語。是夜一家熟睡，禽忽躑躅〔一〕雕籠中，嗚呼不輟。聞者以爲遭猫搏噬，起視之，盜望見，驚懼急走出，遺其一囊。黃亦覺，遣僕追躡，已失之矣。

賦

唐汝詢編蓬集鬬畫眉賦：茂樹之陰，重岩之曲，土鬱雄風，僊禽是育。眉擬畫而稱奇，氣極豪而善捔。絶巧婦之毀芳，鄙嘉賓之穿屋。音雜鸝而催花，鬬齊鷄而成木。若乃陽和起，魚蝦

〔一〕躅，原訛「踼」。

肥，青林如繡，綠埜揚菲。舌以調而巧哢，翮始健而驕飛。歷昆明以求啄，甜鄭圃而振衣。於是虞人獵客，張羅設機，貪餌偶下，觸絲安歸？低眉就桎，斂翅損威。處鏤金之筊檻，懸結綺之軒扉。遐心莫轉，拗怒詎息？嘯儔侶而思鬨，隔牖户而矯翼。羽數刷而上指，距將逞而下激。象魚貫以布陣，訪蛇形而抗敵。兵一鳴而驟交，戰九接而未克。進若搴旗，退未敗迹。乘利長驅，追奔逐北。卻既再而更前，鎩已甚而猶飭。縱兩雄之莫並，庶一志之不易。嗟爾微禽，綠衣翩翩，畜之孔馴，依之可憐。何快心於一勝，遂見玩於四筵。雖人情之好異，亦物性之固然。恐翰音之擅技，續陳思以成篇。

詩

歐陽修畫眉鳥：百囀千聲隨意移，山花紅紫樹高低。始知鎖向金籠聽，不及林間自在啼。

解縉畫眉鳥：釃酒修眉最好音，日長看畫稱閑心。來禽果熟頻啼處，遥憶東風囀上林。

王世貞弇州稿畫眉：驕飛初傍上林春，百舌黄鸝鬭巧頻。白雪似侵風裏調，青山仍隱畫中顰。争誇京兆雙鸞嫵，别取成都十樣新。豪興未除吾計得，平陽歌舞不須人。

陶望齡日鑄嶺聞畫眉：屯雲飛不去，百羽何由住。畫眉豈凡禽，獨叫山頭樹。一山占一鳥，餘鳥不得覷。賈勇日求敵，似恐奪其處。煙霞剖同域，疆土成異據。遠黛媚纖妍，嚶鳴寫深愫。

留侯氣雄特，姣好疑婦女。羡爾嫵媚姿，猛志紛難禦。豈同尹與邢，專房巧忌妒；將如巢共許，牽犢遠辭汙。田仲離母兄，避地甘堅瓠；謝譓絶儔黨，風月纔到户。考槃獨寐笑，孤竹鄉人惡。有目視霄漢，肯爲俗物顧。有耳貯清虚，每怕人聲遇。此鳥是其魄，孤貞亦遺趣。爾爲高遁物，予少人間務。逝將從爾居，畫眉慎勿怒。

非磊落氏贊曰：

媚哉春管，脩矣春山。十樣不數，萬籟等閑。獨叫獨跳，一鳥一山。罵如詛楚，奮似入關。寧爲俊健，不作怯頑。麻姑爪曲，京兆眉彎。

蟲天志卷之二終

蟲天志卷之三

吴淞非磊落氏沈弘正譔

鬭槖駝

原始

爾雅翼曰：駝背有兩峰〔一〕如鞍，其足三節，色蒼褐。凡欲舂〔二〕載，輒先屈足受之。所載未盡量，終不起。

〔一〕峰，一本作「封」。
〔二〕舂，原訛「脊」，今各本作「揞」。

明皇雜録曰：交趾進龍腦香，波斯言老龍腦。妃私發明駝使，持三枚遺安禄山。

又曰：天寶中，承平歲久，自開遠門至蕃界一萬二千里，居人滿埜，桑麻如織。哥舒翰鎮青海，路遠，遣使常乘白駱駝奏事，日馳五百里。

冀越集曰：駝涉沙漠，雖歷年餘，能記其所涉之途。大元後官有喪，葬沙漠，不封不樹，以萬馬平其地。春艸生，雖守衛者莫知。原葬時例殺一駝駒登墓，駝母叫號不已。下年墓祭，乘駝往，彼直至其所。兼地高少水，駝以前足蹷沙長號，掘之，即有泉出。獸之禀性各有能也。

陳繼儒書蕉曰：木蘭詞「願借明駝千里足，送兒還故鄉」，或改明作鳴，謬也。按：駝卧，腹不帖地，屈足漏明，則走千里，故曰明駝。唐制驛有駝使，非邊塞軍機不得擅發。

叙事

東觀漢記曰：河西太守竇融遣使獻橐駝。南單于上書獻橐駝。單于歲于龍祠[一]，走馬鬭橐駝，以爲樂事。

白孔六帖曰：西域龜兹歲朔鬭橐駝七日，觀勝負以卜歲盈虛。

[一] 此句一本作「單于歲祭三龍祠」。

非磊落氏贊曰：

橐駝性羞，乃易相讎。龜茲觀鬭，以卜歲收。微智若馬，盛氣若牛。龍祠歲朔，忿不自由。泉因意測，鞍以肉柔。奇畜呼圓。負載如舟。

鬭羊

原始

黄省曾獸經曰：羱羊善鬭。爾雅曰：羱如羊。郭璞注曰：羱羊似吴羊而大角，角橢，出西方。晉吕忱字林曰：野羊有角者也。宋陸佃埤雅曰：善鬭至死。廣志曰：羱羊角重於肉。鶡林子曰：凡新羊入群，爲群羊所觸，不相親附，火燒其尾則定。夫羊，義獸也，見猛虎不避，群羊争死，乃觸新附者，何耶？不輕合耳。惟不輕合，故能相許以死。

白孔六帖曰：西舍利凡曲名十有二，五曰鬭羊勝，驃云來乃。昔有人見二羊鬭海岸，强者則見，弱者入山，時人謂之「來乃」。來乃者，勝勢也。

叙事

唐書張説傳曰：王君㚟破吐蕃於青海西，説策其且敗，因上嶲州鬬羊於帝，以申諷諭。帝識其意，納之，賜綵千匹。

表

張説進鬬羊表曰：臣某言：臣聞勇士冠鷄，武夫戴鶡。推情舉類，獲此鬬羊。遠生越嶲，蓄情剛決，敵不避强，戰不顧死，雖爲微物，志不可挫。伏惟陛下選良家於六郡，求猛士於四方，鳥無遁材，獸不藏伎。如蒙効奇靈囿，角力天場，卻鼓怒以作氣，前躑躅以奮擊。趹若奔雲之交觸，碎如轉石之相叩，裂骨賭勝，濺血争雄，敢殺見而衝冠，鷙狠聞而擊節。冀將少助明主市駿骨、揖怒蛙之意也。若使羊能言，必將曰「苦鬬不解，立有死者」。所賴至仁無殘，量力取勸焉。臣緣損足，未堪履地，謹遣男駙馬都尉垍謹詣金闕門陳進。輕冒宸嚴，伏深戰越。

非磊落氏贊曰：

來乃來乃，主簿鬬采。蓄情剛決，死而無悔。靈囿争奇，天場奏凱。皓鬚觸斷，素衣血改。合群不輕，遇虎不餒。多士鶡冠，感之勇倍。

鬭牛

原始

説文曰：天地之數起於牽牛。

述異記曰：周成王時，東夷送六角牛。

異物志曰：九真牸牛乃生谿上。牸時時怒，共鬭，即海沸湧。或出鬭岸上，家牛皆怖，人或遮捕，即霹靂，號曰神牛。

酉陽雜俎曰：勾漏縣大江中有潛牛，形似水牛。每上岸鬭，角軟；還入江水，角堅復出。

叙事

酉陽雜俎曰：龜茲國，元日鬭牛馬駝爲戲七日，觀勝負，以占一年羊馬減耗蘩息也。

宋祁〔一〕辛讜傳曰：讜之少，耕于埜，有牛鬬，衆畏奔踐。讜直前，兩持其角，牛不能動，久而引觸，竟折其角。里人駭異，屠牛以飯讜。

東坡志林曰：蜀中有杜處士，好書畫，所寶以百數。有戴嵩牛一軸，尤所愛，錦囊玉軸。一日曝書畫，有一牧童見之，拊掌大笑，曰：「此畫鬬牛也。牛鬬，力在角，尾搐入兩股間。今乃掉尾而鬬，謬矣。」處士笑而然之。古語云：「耕當問奴，織當問婢。」不可改也。

葉夢得避暑録話曰：晋史言王逸少性愛鵞，世皆然之。人之好尚固各有所僻，未易以一概論。如崔鉉喜看水牛鬬之類，此有何好？然而亦必與性相近類。

詩

曹植咏死牛詩：奉詔咏兩牛鬬於墻間，一牛不勝，墜井死。不得道「牛」及「鬬」、「死」、「牆」、「井」等字，限走馬五十步，題四十言。兩畜〔二〕齊道行，頭上戴横骨〔三〕。行至凶土頭，峍起相唐突。二敵不俱剛，一畜卧土窟。非是力不如，盛意不得洩。

〔一〕祁，原訛「祈」。
〔二〕畜，一本作「肉」。
〔三〕骨，原訛「角」。

非磊落氏贊曰：

六角九真，霹靂有神。菩薩黄籜，丞相瘠身。龜兹元日，盛氣欲伸。如灼田火，似逢寧嗔。兒書既亂，柏笛難陳。拔山動地，唐突駭人。

鬪刺蝟

原始

爾雅曰：彙，毛刺。邢昺疏曰：彙即蝟也，其毛如鍼。埤雅曰：蝟狀佀鼠，性極獰鈍，物小犯近則毛刺攢起如矢；見鵲便仰腹受啄，其矢輒爛。淮南子曰：鵲矢中蝟，此理〔二〕之不可推也，是謂鈍而獘。

蝟狀如鼠而大。棘端分兩岐者曰蝟，如棘針者曰蝝。性極畏鵲，能制虎。其胆甘。

續博物志曰：蝟能跳入虎耳中。

〔二〕理，今本淮南子作「類」。

叙事

李綽尚書故實曰：京國頃歲街陌中有聚觀戲場者。詢之，乃云二刺蝟對打，既合節奏，又中章程。時座中有前將作李少監韞，亦云曾見。

非磊落氏贊曰：

蝟形似鼠，蝟毛似鍼。曷不制虎，甘爲鵲擒。物或小犯，柴棘林林。同類對打，莫肯相下。觀者如牆，笑言啞啞。反蝟之皮，以狀豪者。

鬭蟋蟀

原始

爾雅曰：螒，天鷄。樊光曰：小蟲黑身赤頭。李巡曰：一名酸鷄。郭璞曰：一名莎鷄，一名樗鷄。

方言曰：虹孫〔二〕。

爾雅翼曰：蟋蟀有生埜中及生人家者。好吟於土石甎甓之下。尤好鬬，勝輒矜鳴，其聲如急織，故幽州謂之促織。

王逵蠡海集曰：蟬近陽，依於木，以陰而爲聲，蟬則腹板鳴。蛩近陰，依於土，以陽而爲聲，蛩則背翅鳴。蟬陽性和，此息而彼作；蛩陰性妒，相遇必争鬬。

叙事

開天遺事曰：蟋蟀：每至秋時，宫中妃妾輩皆以小金籠捉蟋蟀，閉於籠中，置之枕函畔，夜聽其聲。庶民之家皆效之也。

宋史曰：賈似道日坐葛嶺〔三〕，起樓閣亭榭，取宫人娼尼有美色者爲妾，日淫樂其中。惟故博徒日至縱博，人無敢窺其第者。嘗與群妾踞地鬬蟋蟀，所狎客入，戲之曰：「此軍國重事耶？」

賈似道促織歌曰：新蟲調理要相當，殘暑盆窩須近涼。漸到秋深畏風冷，不宜頻浴恐防傷。

〔二〕指方言第十一：「蜻蛚，楚謂之蟋蟀，或謂之蛬；南楚之間謂之虹孫。」

〔三〕嶺，原訛「領」。

養時盆罐須寬闊，下食依時要審詳。水食調匀蛩必旺，看時切莫對陽光。水時併盡方堪鬭，不可傷饑患飽忙。盆内土須蚯蚓糞，相宜蓋爲按陰陽。如此宿蟲無疵色，仍將宿水换新漿。假如艸葉供蟲囓，齒軟仍知牙更僵。過籠窩罐安排固，行動提攜總不妨。酒後切忌將來看，壯氣冲傷走跳狂。誤放橘橙克食物，食之蟲腹反爲殃。安頓必須清浄處，油煙熏損不剛强。過期未鬭頻頻看，仍復收拾用意藏。倘或打食口齒諤，必須醫損按前方。不察强弱當場鬭，必是遭輸笑不良。蓋盆謹慎休留隙，免使奔逃意下慌。看取調養依斯譜，蟲體無傷齒更剛。堪憐一種清幽物，歲歲三秋聲韻長。

袁宏道瓶花齋集曰：京師人至七八月，家家皆養促織。余每至郊埜，見健夫小兒群聚艸間，側耳往來，面貌兀兀若有所失者，至於溷厠污垣之中，一聞其聲，踴身疾趨，如饞猫見鼠。瓦盆泥罐，遍市井皆是。不論老幼男女，皆引鬭以爲樂。嘗觀賈秋壑促織經，其略謂蟲生於艸土者，其身軟；生於磚石者，其體剛；生於淺艸瘠土磚石深坑向陽之地者，其性劣。其色白不如黑，黑不如赤，赤不如黄，黄不如青。白麻頭，青項金翅，金銀絲額，上也；黄麻頭，次也；紫金黑色，又其次也。其形以頭項肥、脚腿長、身背闊者爲上，頭尖項緊、脚瘦腿薄者爲下。蟲病有四：一仰頭，二捲鬚，三練牙，四踢腿。若犯其一，皆不可用。其名色有白牙青、拖肚黄、紅頭紫、狗蠅黄、錦簑衣、肉鋤頭、金束帶、齊膂翅、梅花翅、琵琶翅、青金翅、紫金翅、烏頭金翅、油紙燈、三段錦、紅鈴、月額頭、香色脜鈴〔二〕之類，甚多不可盡載。養瀍：用鱖魚、茭肉、蘆根蟲、斷節蟲、扁擔蟲、煮熟栗子、黄米飯。醫治之法：嚼牙，喂帶血蚊蟲；内熱，用豆芽尖葉；落胎糞結，用蝦婆；頭昏，川芎茶浴；咬傷，用童便、蚯蚓糞調和，點其瘡口。凡促織之態貌情性，纖悉必具。嗟乎！一蟲之微妙曲折如此。由此推之，雖蟣蝨、蠛蠓，吾知其情狀與人不殊矣。

王穉登虎苑曰：吴俗好鬭蟋蟀，用黄金花馬爲注。里人張生爲之屢負，禱于玄壇。玄壇，張所素奉。夜夢神云：「遺吾虎助爾，在北寺門下。」張覺，往尋之，獲黑蟋蟀甚大，每鬭輒勝，獲利甚豐，久之乃死。

陳繼儒妮古録曰：宣廟時，磁器及蟋蟀澄泥盆最爲精絶。兩宫火，藏金流入銅中，鎔而爲罏。故後世僞造者迥不能及。

潘之恒亘史曰：今燕都上元食黄瓜，賞牡丹，鬭蟋蟀，皆取諸地壙中火炙，真足奪造化之權。然其本必壞，物亦早斃。

周暉金陵瑣事曰：促織獨金陵者鬭謂之秋興。鬭之有塲，盛之有器，掌之有人，必大小相配，兩家方賭。傍猜者甚多，此其大略也。馬南溟有鬭促織賦。

〔二〕 此處當有訛脱。促織經中有「香師（獅）」、「紅肩（脜）」、「紅鈴」等，可參。

王臨亨粵劍編曰：廣城多砌蠔殼爲墻垣，園亭間用之亦頗雅。蟋蟀三月間已滿砌長鳴矣，廣城人至六七月間亦多取以鬭戲賭金錢。

促織經曰：先比頭，次比腿，再比渾身無後悔。顔色兩停，方可相合。鬭經三二十口者，可歇六七日。百口贏者不爲奇，一口贏者勝百口。一口贏者〔二〕，用力反倍，尤當調息。有鬭口者，有鬭間者。鬭間者改爲鬭口，必來蟲之弱；鬭口者改爲鬭間，必來蟲之狠。

敕

弇州史料宣德正德二狎敕：敕蘇州府知府況鍾：比者内官安兒、吉祥採取促織，今他所進促織數少，又多有細小不堪的，已敕他末後運自要一千箇。敕至，爾可協同他幹辦，不要誤了。故敕。宣德九年七月

賦

陳叔齊〔三〕籟紀蟋蟀賦：虚白月於秋除兮，避零露于宵徑。既升堂以入室兮，復同聲而相應。

〔二〕此四字原脱。

〔三〕陳叔齊，原訛「王叔齋」。

此云息而彼興兮，寐欲成而還聽。歎杼柚之多空兮，雖懶婦其何病。

馬玉麟静觀堂稿蟋蟀賦：惟蜻蛚之微眇，含秋氣之淑清。豈比鱗而並介，恒迎陽而隨陰。色黝黑而光澤，才毅武以僄輕。伏幽砌之闇闇，吸湛露之泠泠。雜鳴鷄之晨警，幾哀蟬之夕吟。响嘒嘒之未已，噫啾啾之益深。其始聽也，凛凄切其如訴；其既進也，厲激嗷其若轟。驚閨婦之殘夢，傷旅客之遊魂。亦有豪俠王孫，貴介公子，厭禽荒之已疲，思蟲戲之可喜。戒童僕以蒐獮，獲瑰偉于叢壘。沐以華池之泉，食以百花之蕊。傅金籠以栖形，依瓊室而振宇。于是駕集賓朋，稛載金帛，較强弱于一鬬，視勝負以爲獲。爾乃設艸挑戰，開籠縱敵，争攫躍以奔趨，共趫捷而躝躪。聲砰磕以振庭，足騰驤而陷石。或鼓怒以憑淩，或縮恧而辟易。此何異于勇士之揚拳而壯夫之交戟也！蕞爾小蟲，升乎艸莽，乍相值之何心，惟矜力以突攘。壯睆視之齗齗，肆躑躅〔一〕之搶搶。奮猛志以横行，飽老拳而必往。既無惜于折肱，亦何憂于血顙。蛙怒目以向蛇，螳掉臂而傷軼。鶡捐軀而騁奇，鷄角距而争長。宛取類于蝸枝，庶性情之髣髴。衆相玩以娱情，曾無取于上賞。亂曰：日月逾邁，嗟歲暮兮。蟋蟀在埜，忽在户兮。露飲無求，既清貞兮。逞志一鬬，何好勝兮。矯矯君子，尚介果兮。

〔一〕 躅，原訛「踉」。

詩

馬玉麟蟋蟀詩：唧唧復唧唧，秋來不斷鳴。小兒休掘取，我愛助書聲。

詞

促織經題促織二首：玉繩低轉過南樓，人在冰壺夜色幽。湛湛露華涼似洗，啾啾蛩韻巧如謳。絮叨高下恣情訴，斷續悠揚不肯休。叫徹五更尋隱處，自封門户共雌儔。

玉櫂金籠喂養頻，王孫珍愛日相親。争雄肯負東君意，決勝寧辭一芥身。鼓翼有聲如唱凱，洗鉗重搦似生嗔。大哉天地生群物，羡爾區區志不倫。

促織經拜星月慢：海燕東歸，金風西起，湛湛濃露於澌。蟋蟀秋興，識畋壁荒苑。笑相尋、須將玉罐金籠拚。謾聽清音轉。赤黄蟹殼，總平生稀見。　畫堂中，曲養情何厭？性歉爽，好把清波泛。展轉輕盈遒健。奮鷹揚，對敵無雙戰。經百塲，誰聞敗北嘆？怎奈他、三秋氣老，英雄事方斷。

濟顛和尚瘞促織鷓鴣天：促織兒，王彥章，一根鬚短一根長。只因全勝三十六，人總呼爲王鐵鎗。休煩惱，莫悲傷，世間萬物有無常。昨宵忽值嚴霜降，好似南柯夢一塲。

非磊落氏贊曰：

蟋蟀蟋蟀，依床入室。哀吟動人，不寒而栗。矜鬬怒揣，其命莫必。儼爾介冑，師出以律。風清氣揚，霜降魄失。勞苦功高，蛶蠬獨逸。

鬬蠅虎

原始

崔豹古今注曰：蠅虎，蠅狐也。形似蜘蛛而色灰白，善捕蠅，一名蠅蝗，一名蠅豹。一作「豹子」。

叙事

酉陽雜俎曰：于頔在襄州，嘗有山人王固謁見于。于性快，見其拜伏遲緩，不甚知書生。别日遊讌，不復得進，王殊怏怏。因至使院，造判官曾叔政，頗禮接之。王謂曾曰：「予以相公好奇，故不遠而來，今實乖望矣。予有一藝，自古無者，今將歸，且荷公見待之厚，今爲一設。」遂詣曾所居，懷中出竹一節及小鼓，規纔運寸。良久，去竹之塞，折枝連擊鼓子。筒中有蠅虎子數十，行而出，分爲二隊，如對陣勢。每擊鼓或三或五，隨鼓音變陣，天衡地軸，魚麗鶴列，無不備也。進退離附，人所不及。凡變陣數十，乃行入筒中。曾觀之大駭，方言于于公，王已潛去。于悔恨，令物色求之，不獲。

杜陽雜編曰：飛龍衛士韓志和，本倭國人也。善雕木作鸞鶴鴉鵲之狀，飲啄動静與真無異。以關戾〔一〕置于腹内，發之則凌雲奮飛，可高百尺，至一二百步外，方始卻下。兼刻木作猫兒以捕鼠雀。飛龍使異其機巧，遂以事奏，上睹而悦之。志和更雕踏床，高數尺，其上飾之以金銀綵繪，謂之見龍床，置之則不見龍形，踏之則鱗鬣爪牙俱出。及始進，上以足履之，而龍夭矯若得雲雨。上怖畏，遂令撤去。志和伏於上前曰：「臣愚昧，致有驚忤聖躬。臣願别進薄伎，稍娱至尊耳目，以贖死罪。」上笑曰：「所解伎何？試爲我作之。」志和遂于懷中出一桐木合子，方數寸，中有物，名蠅虎子，數不啻一二百焉，其形皆赤，云以丹砂啗之故也。乃分爲五隊，令舞涼州。上令召樂以舉其曲，而虎子盤迴宛轉，無不中節，每遇致詞處則隱隱如蠅聲。及曲終，纍纍而退，若有尊卑等級。志和臂虎子，令於上前獵蠅於數步〔二〕之内，如鷂捕雀，罕有不獲者。上嘉其小有可觀，即賜以雜綵銀碗。志和出宫門，悉轉施於他人。不逾年，竟不知志和之所在。

〔一〕戾，今本作「捩」。

〔二〕數步，今本作「數百步」。

詩

韓愈城南聯句：得雋蠅虎健，相殘雀豹趟。

陳師道蠅虎：物微趣下世不數，隨力捕生得稱虎。匿形注目摇兩股，卒然一擊勢莫禦。十中失一八九取，吻間流血腹如鼓。卻行奮臂吾甚武，明日淮南作端午。

非磊落氏贊曰：

凡物搏生，厥名曰虎。鳺鳥魚虎，守宫蠍虎。土附蝦虎，鴯鶘蘆虎。虩虎何如，善鬬孔武。魚麗鶴列，一聽於鼓。曷以犒之，蠅頭如雨。

鬬蟻

原始

大戴禮曰：十二月，玄駒賁。玄駒者，蟻也。賁者，走於地下也。

抱朴子曰：蟻有兼弱之知。

廣志曰：有飛蟻，有木蟻。又有黑黄、大小數種。

埤雅曰：蟻有君臣之義，故字从義。喜群鬬，鬬輒酣戰不解，有行伍〔一〕隊列。元微〔二〕之曰巴蟻衆而善敵〔三〕。

齊丘子曰：螻蟻之有君也，一拳之宫，與衆處之；一塊之臺，與衆臨之；一粒之食，與衆蓄之；一蟲之肉〔四〕，與衆咂之；一罪無疑，與衆戮之。

酉陽雜俎曰：秦中多巨黑蟻，好鬬，俗呼爲馬蟻。次有色竊赤者，細蟻；中有黑者，遲鈍，力舉等身鐵；有竊黄者，最有兼弱之智。成式兒戲時嘗以棘刺標蠅寘其來路，此蟻觸之而返，或去穴一尺，或數寸，纔入穴中者，如索而出，疑有聲而相召也。其行每六七，有大首者間之，整若隊伍。至徙蠅時，大首者或翼或殿，如備異蟻狀也。元和中，假居在長興里。庭有一穴蟻，形狀大如次竊赤者，而色正黑，腰節微赤，首鋭足高，走最輕迅。每生致蠖及小魚一曰「蟲」。入穴，輒

〔一〕伍，原訛「五」。

〔二〕微，原訛「徽」。

〔三〕指元稹蟻子詩之一序：「巴蟻，衆而善攻櫟棟，往往木容完具而心節朽壞。」

〔四〕肉，原訛「内」。

壞埋穴〔一〕，蓋防其逸也。自後徙居數處，更不復見此。山人程宗乂一曰文。云：程執恭在易、定，野中蟻樓高三尺餘。

夷堅志曰：淳熙元年，浙江石岸頹圮數百丈，壞民居〔二〕甚多。詔殿前步軍〔三〕轉運司臨安府修築。工役迫急，畚臿不停朝暮。殿司偏校湯公輔取土於擂馬嶺，正搬運之際，土忽陷，其下正空，有蟻穴焉，廣幾半畝，聚〔四〕蟻數斛，皆赤腰，與常異，一最大者可數寸。中間宮室樓閣，花木池臺，行列可愛。又有小橋長二三尺，兩旁細艸蔚然。公輔取數亭獻于轉運司判官呂摺，細視之，皆疊土摶成，其椽瓦窗牖如斲削然，即命掩覆之，而徙工徒於他處。亭至今藏呂家。乃知唐人記南柯太守事，雖爲寓言，亦固有之也。

敘事

孟元老夢華録曰：正月十五日元宵，大内前自歲前冬至後，開封府絞縛山棚，立木正對宣德

〔一〕壞埋穴，今本作「壞垤窒穴」。
〔二〕民居，原倒作「居民」。
〔三〕步軍，原合爲一字。
〔四〕聚，原訛「衆」。

樓。遊人已集御街，兩廊下奇術異能，歌舞百戲，鱗鱗相切，樂聲嘈雜十餘里。擊丸、蹴踘、踏索、上竿、趙埜人倒喫冷淘、張九哥吞鐵劍、李外寧藥法傀儡、小健兒吐五色水、旋澆〔一〕泥丸子、大特落灰藥榾柮兒雜劇、温大頭、小曹嵇琴、党千簫管、孫四燒煉藥方、王十一作劇術、鄒遇田地廣雜扮、蘇十孟宣築毬、尹常賣五代史、劉百禽蟲蟻、楊文秀鼓笛。更有猴呈百戲、魚跳刀門、使喚蜂蝶、追呼螻蟻。

袁達德禽蟲述曰：蟻可使戰，食之教〔二〕也。

田汝成西湖志餘曰：余近見杭州禽戲，有曰螞蟻角武者，其灋：練細蟻黃黑二種，各有大者爲之將領，插旗爲號，一鼓對壘，再鼓交戰，三鼓〔三〕分兵，四鼓偃旗歸穴矣。

袁宏道瓶花齋集曰：嘗過西山，見兒童取松間大蟻，剪去頭上雙鬚，彼此鬭咬，至死不休。問之，則曰：蟻以鬚爲眼，凡行動之時，先以鬚左右審視，然後疾趨。一抉其鬚，即不能行；既憤不見，因以死鬭。試之良然。余謂：蟻以鬚視，古未前聞；且蟻未嘗無目，必待鬚而行，亦異事也。識之以俟博物者。

〔一〕澆，今本作「燒」。
〔二〕食之教，原倒作「食教之」。
〔三〕「三鼓」二字原脱。

詩

鄭内翰詩：嘗聞蠻觸氏，殺人血漂杵。不知爾何事，勇鬬劇虓虎。世言蝗之戰，日中當大雨。苟能驗天時，殺身亦何補。

鬬黿

非磊落氏贊曰：

玄駒善格，樓高三尺。有君有臣，侯亞侯伯。兼弱紛馳，會同有驛。致蝬及魚，聿返其宅。教之匪難，饗於脂澤。日中戰勝，厥勳可策。

原始

詩曰：蟰蛸在户。

爾雅曰：蟰蛸長蹄。註：小鼅鼄長脚者，俗呼爲喜子。陸機疏云：一名長脚，荆州、河内人謂之喜母。此蟲來著人衣，當有親客至，有喜也。幽州人謂之親客。

陶隱居曰：鼅鼄類數十種，爾雅止載七八種。

叙事

袁宏道瓶花齋集曰：鬭鼄之法，古未聞有，余友龔散木創爲此戲。散木少與余同館，每春和時覓小鼄腳稍長者，人各數枚，養之窗間，較勝負爲樂。鼄多在壁陰及案板下，網止數經，無緯。捕之勿急，急則怯，一怯即終身不能鬭。宜雌不宜雄，雄遇敵則走，足短而腹薄，辨之極易。養之之法：先取别鼄子未出者粘窗間紙上，雌鼄見之，認爲己子，愛護甚至，見他鼄來，以爲奪己，極力禦之。唯腹中有子及已出子者不宜用。登場之時，初以足相搏。數交之後，猛氣愈厲，怒爪獰獰，不復見身。勝者以絲縛敵，至死方止。亦有怯弱中道敗走者，有勢均力敵數交即罷者。散木皆能先機決其勝敗，捕捉之時即云某善鬭、某不善鬭、某與某相當，後皆如其言。其色黧者爲上，灰者爲次，雜色爲下。名目亦多，曰玄虎、鷹爪、玳瑁肚、黑張經、夜叉頭、喜孃、小鐵嘴，各因其形似以爲字。飼之以蠅及大蟻，凡饑飽、喜嗔皆洞悉其情狀。其事瑣屑，不能悉載。散木甚聰慧，能詩，人間技巧事一見即知之，然學業亦因之廢。

非磊落氏贊曰：

喜母社公，角勝争雄。獲兒極力，禦侮奮躬。怒爪獰獰，憂心忡忡。亦抽厥絲，縛敵獻功。絡幕艸上，布網地中。鬭因愛子，慈母念通。

鬭魚

原始

爾雅曰：魚枕謂之丁，魚腸謂之乙，魚尾謂之丙。

禮記曰：魚去乙。

左傳曰：原繁、高渠彌以中軍奉公，爲魚麗之陳，先偏後伍，伍承彌縫。戰於繻〔二〕葛。

杜光庭録異記曰：南海中有山高數千尺，兩山相去十餘里，有巨魚相鬭，鬐鬣挂山半，山爲之摧折。

〔二〕繻，原訛「濡」。

叙事

張世南遊宦紀聞曰：三山溪中産小魚，班紋赤黑相間，里中兒豢之，角勝負爲博戲。昔有鬬禽，未見有鬬魚，亦可觀也。聞永嘉亦有之。

宋濂潛溪集云：予客建業，見有畜波斯魚者，俗訛爲師婆魚。其大如指，鬐鬣具五采，兩腮有小點如黛。閩人呼爲「花魚」。性矯悍，善鬬，人以二缶畜之，折藕葉覆水面，飼以蚓若蠅及蚊。伺魚吐泡葉畔，知其勇可用，乃貯水大缶合之。各揚鬐鬣相鼓視，怒氣所乘，體拳曲如弓，鱗甲變黑。久之，忽作秋隼擊，水泙然鳴，濺珠上人衣，連數合復分。當合如矢激弦絶不可遏，已而相糾纏盤旋弗解。其或負，則勝者奮威逐之，負者懼，自擲缶外，視其身純白云。予聞有血氣者必有争心，然則斯魚者其亦有争心否歟？抑冥頑不靈而至於是歟？哀哉！然予所哀者，豈獨魚也歟！

潘之恒亘史曰：寒山趙凡夫語予，閩人有贈渠鬬魚六尾者，質玄而文班。然時當秋□，不鬬，尋且斃矣。蟋蟀善鬬，亦以時鳴。物固不能違時，信哉。

又亘史曰：閩人洪仲韋、林敬甫、陳皐父，乙巳夏過余庚阜從臾閩遊，言閩中此時，攜孌童，坐榕樹下，啖荔支，觀鬬魚，足以忘暑。余笑曰：「魚果以夏鬬耶？」三君曰：「然。惟夏鼓氣，秋則靡矣。其勁而驍者，張鬣掉尾，一擊或令抉目潰腹而死，異哉！」時汪二魯在座，應之曰：「金陵春月有可敵此者。」余曰：「如何？」二魯曰：「攜妖妓，坐新柳下，啜岕茶，聽黃鳥嚶鳴。」余笑曰：「宜仲韋之不歸也。」

賦

費元禄甲秀園集鬭魚賦序曰：閩中之産有文魚焉，五色可愛，其性寔善鬭。仲夏日長，育之盆沼，作九州朱公製，亭午風清，每以講習之餘，開闢會戰。魚麗陳雲，波湧激日，頗快寓目焉，遂樂而賦之。其辭曰：酌璣衡之南陸，閱鶉火之載臨。相物華以繇苞，涉青林以繁陰。佇風軒而結想，對池沼之浮沉。何水族之熠艴，負江湖之遠心。若乃廣儲亭午，絺葛體輕。琴書乍罷，櫛沐屢更。巡檻馮沼〔一〕，於牣有聲。形抱奇於丹乙，色徵燿於長庚。冠蹙浪而濯錦，目吐璣而垂英。守純氣而候飽，咽元神而納清。縱細鱗之綺靡，露頭角之崢嶸。逋容多姿，搖曳生態。曝腮若霞，鼓鬣若霽。蕩若朝雲，喣若紅沫。爍若鬱金，灼若衮背。叱結緑之迎流，驚渥丹之逐隊。爛爛兮旭日初曦，粼粼兮翠微迎靄。精參差以相射，意長往而旁睞。揭驕欲起，凌勁欲趍；鬱有餘怒，厭有餘拘。横絶

〔一〕馮沼，一本作「盆沿」。

迅出，陪鰓翰敷。紛其布瑟，縱橫踟躕。於是睨變態，審勁懦，濯素手，通四隅。揚翅出塞，猋迅極殊；衆金作埒，比目前驅。且遠且近，疑囁疑嚅。四觸鬐而皆騰，少掀身而欲上。褰踉蹌以長跳，節疏紆以亢爽。倏吸脣以迸流，忽決背而盤漭。已連躍而急投，更罣尾而過顙。喬桀雄心，擅場挾兩。破隊度河，絶倫自賞。或既離而復合，或蹔息而寓威。或反顧而飆舉，或遮道而突圍。或釋恨而並逝，或潛身而藏煇。參必拊背，夾必扼吭。勇雖自標，敵則能量。鬬非常期，勝有餘讓。杳驚電之掣目，烱殘虹之落嶂。静若鈎月之澹煙，舒若寸錦之在榜。退若彤隱而莽深，進若波紋而蘿長。畏凌風之悽霏，娛映日之菪朗。狀文人之褎藻，侔俠徒之豪爽。匹少年之精英，擬劍客之神王。若乃濬哲文明之性，沉雄破浪之才，邁從龍之好，甘點額之哀；就唼喋之淤，羈盆沼之隈。雖彬彬兮君子，準圉圉兮無媒。豈河漢之縱鱗，任舒卷之自在。想南溟之巨魚，狎天地之多泰。苟變化之時至，亦岳靈之鰲戴。遯六月於一息，撫微軀以自愛。褎近翫之多慚，許處危之不殆。恃惠子之知我，侈波臣於善貸。幸鮒轍之既離，庶雲雷之有待。噏洪淪於天津，長相忘於湖海。

詩

沈弘正枕中艸咏鬬魚：數魚來三山，孤客擔千里。合貯傾閩泉，分畜瀉吴水。姸腮黛不如，絢背錦難擬。獨伏恣浮沉，並泅競彼此。妒腸暗相糾，悍目赤對視。甲翅各開張，首尾互進止。

揚鬣旗插波，噴沫珠落几。雙穿浪裏梭，單射潮頭矢。口銳類銜枚，鬐傷等缺錡。鱗與鱗相摹，頰與頰共掎。突出若驕兒，徉奔似亡子。點額破有痕，赬尾勞不已。憑藻暫結營，擊汰俄散壘。盤旋欲回瀾，撥刺思挽晷。同波誰請臣，無山豈呼癸。悠然乍沉戈，於牣忽漾綺。龍劍魚腸名，象弭魚服比。魚樂惠子知，魚麗孫子喜。微細匹妾魚，激昂效牡鯉。鼓氣不免爭，失水安足恃。盆盎角懦強，升斗較奇詭。不知南溟寬，相忘何涯涘。

非磊落氏贊曰：

北溟有鯤，擊水天池。鬬而山折，亦其類與。茫茫造物，乃有波斯。吾觀鬬鳥，不若鬬魚。鳥也野戰，水陣整齊。揚鬐撥尾，進止合離。

蟲天志卷之三終

蟲天志卷之四

吴淞非磊落氏沈弘正譔

舞鶴

原始

相鶴經曰：鶴，陽鳥也，因金氣，依火精。火數七，金數九，故十六年小變，六十年大變，千六百年形定而色白。

又曰：七年飛薄雲漢，又七年學舞，復七年應節。

又曰：瘦頭朱頂則冲霄，露眼黑睛則視遠，隆鼻短喙則少瞑，鮭頰䯄耳則知時，長頸竦身則能鳴，鴻翅鴿膺則體輕，鳳翼雀尾則善飛，龜背鱉腹則伏産，軒前垂後則會舞，高脛麤節則足力，洪髀纖指則好翹。

相鶴訣曰：養以屋，必近水竹；給以料，必備魚稻。蓄以籠，飼以熟之食，則塵濁而乏精采。又曰：欲教以舞，候其餒，寘食於闊遠處，拊掌誘之，則奮翼而唳若舞狀，久則聞拊掌而必起。

雲嶠類要曰：鶴，胎生者，形體堅小，惟食稻粱，雖甚馴熟，久須飛去。鸛合而卵生，其體大，食魚蝦，啄蛇鼠，不能去耳。

續博物志曰：師曠奏清角，有鶴集廊門，延頸而鳴，飾翼而舞。今世有馴養之鶴，聞歌曲拊掌而舞者，習之也。

叙事

穆天子傳曰：仲秋丁巳，天子射鹿于林中，乃飲于孟氏，爰舞白鶴二八。注曰：今之畜鶴、孔雀，馴者亦能應節鼓舞。

杜氏通典雜舞曰：鶴舞、馬舞，竹書、穆天子傳亦有之。宋鮑照又有舞鶴賦。此舞或時而有，非樂府所統。

吴越春秋曰：吴王有女滕玉，因謀伐楚，與夫人及女會，蒸魚，王前嘗半而與女，女怒曰：

「王食魚辱我，不忘久生。」乃自殺。闔閭痛之，葬於國西閶門外，鑿池積土，文石爲椁，題湊爲中，金鼎、玉杯、銀樽、珠襦之寶，皆以送女。乃舞白鶴於吴市中，令萬民隨而觀之，還使男女與鶴俱入羨門，因發機以掩之。

世説曰：劉遵祖少爲殷中軍所知，稱之於庾公，庾公甚忻然，便取爲佐。既見，坐之獨榻上，與語。劉爾日殊不稱，庾小失望，遂名之爲「羊公鶴」。昔羊叔子有鶴善舞，嘗向客稱之，客試使驅來，氃氋而不肯舞，故稱比之。

方輿記曰：晋羊祜〔二〕鎮荆州，江陵澤中多有鶴，常取之，教舞以娱賓客，因名鶴澤。

天中記曰：渚宫故事，湘東王修竹林堂，新陽太守鄭裒送雌鶴於堂，留其雄者尚在裒宅。霜天月夜無日不鳴，商旅江津聞者墮淚。時有埜鶴飛赴堂中，驅之不去，即裒之雄也，交頸頡頏撫翼，聞奏鐘磬，翻然共舞，婉轉低昂，妙契弦節。

書

鈕滔母孫氏瓊與從弟孝徵書曰：省爾譏我以養鵠，鵠、鶴古同。乃戒以衛懿滅斃之禍。斯言

〔二〕祜，原訛「祐」。

惑矣，吾未之取。彼衛懿之好，民無役車之載，鶴有乘軒之飾，禍敗之由，由乎失所。若乃開圃匹於靈囿，沃池矩乎神沼，文魚躍於白水，素鳥翔乎神州，豈非周文之德，大雅所修哉！夫嘉肴旨酒，非不美也，夏禹盛以陶豆，殷紂貯以玉〔一〕杯，而此聖以興，彼愚以滅，蓋置之失所。如其無失，來難可施乎。

賦

西京雜記路喬如鶴賦：白鳥朱冠，鼓翼池干。舉修距而躍躍，奮皓翅之翪翪。宛修頸而顧步，啄沙磧而相懽。豈忘赤霄之上，忽池籞而盤桓。飲清流而不舉，食稻粱而未安。故知野禽埜性，未脱籠樊，賴吾王之廣愛，雖禽鳥兮抱恩。方騰驤而鳴舞，憑朱檻而爲歡。

鮑昭舞鶴賦：散幽經以驗物，偉胎化之僊禽。鍾浮曠之藻質，抱清迥之明心。指蓬壺而翻翰，望崑閬而揚音。匝日域以迴騖，窮天步而高尋。踐神區其既遠，積靈祀而方多。精含丹而星曜，頂凝紫而烟華。引員吭之纖婉，頓修趾之洪姱。疊霜毛而弄影，振玉羽而臨霞。朝戲於芝田，夕飲乎瑤池。厭江海而遊澤，掩雲羅而見羈。去帝鄉之岑寂，歸人寰之喧卑。歲峥嶸而愁

〔一〕玉，原訛「王」。

暮，心惆悵而哀離。於是窮陰殺節，急景凋年，涼沙振野，箕風動天。嚴嚴苦霧，皎皎悲泉，冰塞長河，雪滿群山。既而氛昏夜歇，景物澄廓，星翻漢迴，曉月將落。感寒鷄之早晨，憐霜鴻之違漠。臨驚風之蕭條，對流光之照灼。唳清響於丹墀，舞飛容於金閣。始連軒以鳳蹌，終宛轉而龍躍。躑躅徘徊，振迅騰摧。驚身蓬集，矯翅雪飛。離綱別赴，合緒相依。將興中止，若往而歸。颯沓矜顧，遷延遲暮。逸翮後塵，翱翥先路。指會規翔，臨岐矩步。態有遺妍，貌無停趣。奔機逗節，角睞分形。長揚緩騖，並翼連聲。輕迹凌亂，浮影交横。衆變繁姿，參差洊密。烟交霧凝，若無毛質。風去雨還，不可談悉。既散魂而盪目，迷不知其所之；忽星離而雲罷，整神容而自持。仰天居之崇絶，更惆悵以驚思。當是時也，燕姬色沮，巴童心耻；巾拂兩停，丸劍雙止。雖邯鄲其敢倫？豈陽阿之能擬？入衛國而乘軒，出吴都而傾市。守馴養於千齡，結長悲於萬里。

詩

齊高帝群鶴詠：八風舞遥翮，九野弄清音。一摧雲間志，爲君苑中禽。

梁簡文帝賦得舞鶴：來自芝田遠，飛度武溪深。振迅依吴市，差池逐晋琴。奇一作「寄」。聲傳迴澗，動翅拂花林。欲知情外物，伊洛有清潯。

陰鏗詠鶴：依池屢獨舞，對影或孤鳴。乍動軒墀步，時轉入琴聲。

計軍詠鶴：碧天飛舞下晴莎，金闕瑶池絶網羅。巖響數聲風滿樹，岸移孤影雪凌波。緱山去遠雲霄迥，遼海歸遲歲月多。雙翅展開千萬里，秖應棲隱戀喬柯。

白居易鶴：人各有所好，物固無常宜。誰謂爾能舞，不如閒立時。

儲光羲池邊鶴：舞鶴傍池邊，水清毛羽鮮。立如依岸雪，飛似向池泉。江海雖言曠，無如君子前。

歐陽修鶴聯句：范仲淹、滕宗諒 上霄降靈氣，鍾此千年禽。范 幽閒靖節性，孤高伯夷心。歐 頡頏紫霄垠，飄颻滄浪潯。歐 岳湛有偎姿，鈞韶無俗音。范 毛滋月華淡，頂粹霞光深。歐 目流泉客淚，翅垂羽人襟。滕 騰漢雪千丈，點溪霜半尋。范 纖喙礪青鐵[一]，修頸雕碧琳。歐 巖棲千溪樹，澤飲卑朱泠。滕 鸞皇自塤篪，燕雀徒商參。范 獨翅聳瓊枝，群舞傾瑶林。歐 病餘霞雲段，夢回松吹吟。滕 静嫌鸚鵡言，莫笑鴛鴦淫。范 金清冷澄澈，玉格寒蕭森。歐 潔白不我恃，腥羶非所任。滕 稻粱不得已，蟣蝨胡爲侵。范 天池憶鵬遊，雲羅傷鳳沉。滕 風流超縞一作「起績」。素，雅淡絶規箴。歐 相將長道情，偶見銷煩襟。范 西漢惜馮唐，華皓欲投簪。歐 南朝仰衛玠，清羸疑不禁。滕 端如方直臣，處群良足欽。范 介如廉退士，驚秋猶在陰。范 幾誚鷹隼鷙，羈韝俄見臨。歐 還嗤鳧鷖貪，弋繳終就擒。歐 乘軒乃一芥，空籠仍萬金。滕 片雲伴遥影，冥冥越煙岑。范 長飆送逸響，亭亭疑。出一作「幽」。

〔一〕鐵，原訛「修」。

霜砧。歐蓬瀛忽往來，桑田成古今。歐願下八佾庭，鼓舞薰風琴。滕

曾翚舞鶴：蓬〔一〕瀛歸未得，偃翼清谿陰。忽聞瑤琴奏，遂舞玉山岑。舞罷復嘹唳，誰知天外心。

趙孟頫來鶴亭詩序曰：在杭州開元宮，吾往年遊宮中而適有鶴來，因爲書二字以名亭。客遊真館日，鶴來玄圃時。援筆二大字，欣然千載期。長鳴松月照，屢舞竹風吹。天路何寥廓，吾與爾同之。

皇明風雅袁華放鶴亭：一鶴寥寥度碧空，朝辭華表暮遼東。託身每寓〔二〕雲林外，啄食時鳴艸澤中。毛骨久知神所化，壽齡還與世相終。曾觀夜舞瑤臺月，兩翅翩躚八極風。

皇明風雅王偁懷仙寄上清何尊師：雲母屏風月影孤，碧雲琪樹兩三株。道童慣識鈞天舞，偷向階前教鶴雛。

孫一元太白山人稿贈鶴并引：殷近夫養二鶴，每予至輒相對舞，愛而作詩贈之。爲愛使君雙舞鶴，杖藜相過水雲鄉。入門瘦影當窗見，隔樹閒行共我長。碧海青天憐昨夢，朱琴瑤月鬭

〔一〕蓬，原訛「篷」。
〔二〕寓，一本作「遇」。

圓吭。他年結屋羅浮上，萬樹梅花待汝翔。

又失鶴：只在秋江上，連宵信不通。忽看雲外影，漫擬頂間紅。樂府音猶是，山家籠已空。此時還憶汝，學舞小庭中。

張羽靜居集吊鶴：鶴壽可千年，傷身竟莫全。羽衣埋石室，僊夢返芝田。妙舞何因見，清音詎可傳。山人空蕙帳，夜月照孤眠。

茅瓚見滄集白鶴吟應制：白鶴霜衣本帝禽，秋風翔舞碧雲深。慣知紫府三山路，來締蓬壺萬里心。

陸深儼山集詠鶴并引：予畜二鶴於山居，標格異凡，寔華亭種云。修吭高足，鳳臆龜文，鳴聲清亮，真僊人之騏驥也。往歲爲魯夫傷其一，孤雄匹處，若怨若慕，益深孤潔之趣，每加眷恤，日益馴擾。時望見予輒鳴舞不已，若迎若導，予益憐之。丁亥之秋，予渡自水東，爲旬月之留，是鶴忽飛止寓樓之外，人共異之。翩翩一鶴下雲中，正倚高樓落日東。憶得羽毛如昨夢，不教心力破長空。呼童護足防秋雨，看汝梳翎颺晚風。赤壁青田是何處，忘機聊與海鷗同。

何景明大復集孤鶴篇：我家孤鶴李侯贈，霜儀皎潔三尺高。向人似矜短羽翼，失侶豈免長呼號。赤霄青雲暮延佇，天長路遠飛不去。日來秋塘啄苦蓼，時向空墻倚修樹。憶昔初在山人家，雌雄和鳴間且嘉。夜寒對舞庭中月，日暮雙棲嶺上霞。李侯平生重幽德，致此遠自東吴國。

金櫳玉檻脱相送，異種奇毛惜不得。一自天涯失舊行，垂頭戢羽空徬徨。朝聞横笛音相和，夕對鳴弦影自傷。荒階雨濕多泥滓，毛翮摧頹風不起。奮迅那推一鶚先，昂藏且在群鷄裏。吁嗟人世是還非，華表千年更一歸。蓬萊宫内青瑶樹，會接文鴛比翼飛。

吴國倫甔甀洞集陳大參玉叔以雙鶴見遺志感：白鳥一雙天上來，美人千里意徘徊。路經崑閬風雲變，影息林亭燕雀猜。回盼似能思舊主，刷翎終擬駕僊才。雌雄唱和蹁躚舞，對爾何時可放杯。

莫是龍買鶴：一庭蒼潤夜氤氲，雪羽蹁躚舞鶴群。仙署定知增雅事，月明清淚洗松雲。

湯顯祖玉茗堂集部中鶴：曲臺雙白鶴，日賦十餐錢。良爲升合資，留滯江海年。傳呼卿出入，引吭飛舞前。軒墀看鶴人，時與小翩翾。鳳凰猶可飼，安得羽中仙。

墨莊選詩范應宫題雪中舞鶴：仙禽愛學驚鴻態，試展清儀迴素瀾。顧影自疑魂欲斷，掉頭忽訝羽非完。玲瓏矯翅冰花亂，婉轉翻空玉佩寒。舒翮凜然成獨唳，卧中高士夢應殘。

鄒迪光愚公谷桑園中兩鶴見余至輒舞：似爾蹁躚質，由來具舞裳。頡頏雲片落，分竄玉塵揚。未必能鴻度，還疑學鳳翔。將何消受汝，棐几一爐香。

張汝霖郊居即事同陳清長：山山春色入湖邊，幽事關情此際偏。半畝蘚莎調鶴地，一簾風雨釣魚天。竭來掃石披丹笈，自起煎茶取褉泉。吾愛於陵陳處士，坐談今古落花前。

詞

陳繼儒岩棲幽事臨江仙：婉孌北山松樹下，石根結箇岩阿。巧藏精舍恰無多。尚餘檐隙地，種竹與栽梧。高卧[二]不須愁客至，客來茳笋山蔬。一瓢濁酒儘能沽。倦時呼鶴舞，酸後倩僧扶。

舞孔雀

非磊落氏贊曰：

强吟僧俗，愛舞鶴卑。既有凌霄，充玩豈宜。何乃羊公，怪爾氄氉。教以綴旒，雙翅轉蓬。吴市衛軒，並鷺班鴳。不如支道，放還崑崙。

原始

天中記曰：孔雀有九德：一顔貌端正，二音聲清徹，三行步庠序，四知時而行，五飲食知節，

〔二〕高卧，二字原脱。

六常念知足，七不分散，八少婬，九知反覆。佛以此喻比丘之行儀也。

周書曰：成王時，西方人獻孔雀。

漢書曰：尉佗獻文帝孔雀二雙。

西域傳曰：罽賓國出孔雀。

續漢書西南夷曰：滇池出孔雀。又曰：西域條支國出孔雀。

述異記曰：宋武帝大明五年，廣郡獻白孔雀，以爲中瑞。

白孔六帖曰：宋孝武大明五年，新昌軍獻孔雀白色者。

白帖曰：西舍利樂，鉦棲孔雀。

孔帖曰：西舍利曲名白孔雀。

叙事

晋公卿贊曰世祖時西域獻孔雀，解人語，馴相〔二〕應節起舞。

紀聞曰：羅州山中多孔雀，群飛者數十爲偶。雌者尾短，無金翠。雄者生三年有小尾，五年

〔二〕 馴相，一作「馴指」，一作「彈指」。

成大尾，始春而生，三四月後復凋，與花蕚相榮衰。然自喜其尾而甚妒，凡欲山棲，必先擇有置尾之地，然後止焉。南人生捕者，候甚雨往。尾霑而〔二〕重，不能高翔，人雖至，且愛其尾，恐人所傷，不復騫翔也。雖馴養頗久，見美婦人好衣裳與童子絲〔三〕服者，必逐而啄之。芳時媚景，聞管弦笙歌，必舒張翅尾，盻睇而舞，若有意焉。山谷夷民烹而食之，味如鵝，解百毒。人食其肉，飲藥不能愈病。其血與其首解大毒。南人得其卵，使鷄伏之即成。其腳稍屈，其鳴若曰「都護」。土人取其尾者，持刀於叢篁可隱之處自蔽，伺過，急斷其尾。若不即斷，迴首一顧，金翠無復光彩。

交州異物志曰：孔雀，人拍其尾則舞。

唐名畫録曰：邊鸞工丹青，最長於花鳥。貞元中，新羅國獻孔雀，解舞。德宗詔於玄武門寫貌。一正一背，翠彩生動，金鈿遺妍，若運清聲，宛應繁節。

異苑曰：檀道濟元嘉中鎮潯陽，十二年入朝，與家分別，顧瞻城闕，嘘欷涕零。所養孔雀來啣其衣，驅去復至，如此數焉。

〔二〕而，一説爲「雨」訛。
〔三〕絲，一本作「綵」。

蟫史曰：孔雀雄者毛尾金翠，性故妒，雖馴久，見童男女着錦綺，必趁啄之。山棲時，先擇處貯尾，然後置身。天雨尾濕，羅者且至，猶珍顧不復騫舉，卒爲所擒。又山鷲亦愛重其尾，終日映水，目眩輒溺。

嶺物志曰：交趾郡人多養孔雀，或遺人以充口腹，或殺之以爲脯腊。人又養其雛爲媒，傍施網罟，捕野孔雀，伺其飛下，則牽網横掩之，採其金翠毛裝爲扇拂；或全株生截其尾以爲方物，云生取則金翠之色不減。

桂海虞衡志曰：孔雀生高山喬木之上，人探其雛育之。喜卧沙中，以沙自浴，拘拘〔一〕甚適。雄者尾長數尺，生三年，尾始長。歲一脱尾，夏秋復生。羽不可近目，損人。飼以猪腸及生菜，惟不食菘。

墨莊漫〔二〕録曰：孔雀毛着龍腦則相綴。禁中以翠毛作帚，每幸諸閣，擲龍腦以避穢，過，則以翠尾帚之，皆聚，無有遺者。亦若磁石引針，琥珀拾芥，物類相感然也。

宋詡竹嶼〔三〕山房雜記曰：孔雀㲉食立宿須高，則不殺敝其尾。畜之亦能㲉雛，如鶏之群生也。

〔一〕拘拘，一本作「汩汩」。
〔二〕漫，原訛「謾」。
〔三〕嶼，原訛「與」。

賦

鍾會孔雀賦：有炎方之偉鳥，感靈和而來儀。禀麗精以挺質，生丹穴之南垂。戴翠旄以表弁，垂緑蕤之森纚。裁修尾之翘翘，若順風而揚麾。五色點注，華羽參差。鱗交綺錯，文藻陸離。丹口金輔，玄目素規。或舒翼軒峙，奮迅洪姿；或蹀足踟躕，鳴嘯郁咿。

楊修孔雀賦曰：魏王園中有孔雀，久在池沼，與衆鳥同列。其初至也，甚見奇偉，而今行者莫眡。臨淄侯感世人之待士亦咸如此，故興志而作賦，并見命及。遂作賦曰：有南夏之孔雀，同稱號〔一〕於火精。寓鶉虚以挺體，含正陽之淑靈。首戴冠以飾貌，爰龜背而鸞頸。徐軒翥以俛仰，動止步而有程。

詩

李郢孔雀：越鳥青春好顔色，晴軒入户看呫衣。一身金翠畫不得，萬里山川來者稀。絲竹慣聽時獨舞，樓臺初上欲孤飛。刺桐花謝芳艸歇，南國同巢應望歸。

〔一〕稱號，一本作「號稱」。

皮日休病中孔雀：煙花雖媚思沉冥，猶自擡頭護翠翎。强聽紫簫如欲舞，困眠紅樹似依屏。因思桂蠹傷肌骨，爲憶松鵝損性靈。盡日春風吹不起，鈿毫金縷一星星。

非磊落氏贊曰：

孔雀中瑞，出于條支。抑首振尾，偏其反而。既妒女子，亦識歌兒。照水熠爍，霑雨葳甤。丹口金輔，玄目素規。綴帚香聚，編扇風披。

舞山鷄

原始

山海經曰：鷩雉，一名山鷄，養之禳火災。

南越志曰：曾城縣〔一〕多鵕鸃。鵕鸃，山鷄也，利距善鬬。世以家鷄鬬之，則可擒也。光色鮮

〔一〕曾城縣，多作「增城縣」。

明，五采炫燿。

叙事

異苑曰：山鷄愛其毛羽，映水則舞。魏武時南方獻之，帝欲其鳴舞而無由。公子蒼舒令置大鏡其前，鷄鑒形而舞不知止，遂乏死。韋仲將爲之賦其事。

賦

傅玄山鷄賦：惟南州之令鳥，兼坤離而體珍。被黄中之正色，敷文象以飾身。翳景山之竹林，超遊集乎水濱。鑒中流以顧影，晞雲表之清塵。

宋臨川康王山鷄賦：形鳳婉而鵠跱，羽衮蔚而緗暉。臨渌湍而映藻，傍清崖而妍飛。不隱燿而貽累，倏見屈於虞機。

詩

温庭筠山鷄：石壑動晴景，山禽陵翠微。繡翎翻艸去，紅嘴啄花歸。巢暖碧雲色，影孤青鏡輝。不知春樹畔，何處又分飛。

歐陽修山鷄：蠻荆鮮人秀，厥美爲物怪。禽鳥得之多，山鷄稟其粹。衆彩爛成文，真色不可繪。僊衣霓紛披，女錦花綷縩。輝光日華亂，眩轉目睛憊。高田啄秋粟，下澗飲泉瀨。清唳或相呼，舞影還自愛。豈知文章累，遂使網羅挂。及禍誠其媒，求交反遭賣。有身乃吾患，斷尾亦前戒。不群世所驚，甚美衆之害。稻粱雖云厚，樊縶豈爲泰。山林歸無期，羽翮日已鎩。用晦有前言，書之可爲誡。

非磊落氏贊曰：

繡翎紅觜，金冠綵衣。臨波躍彳青，對鏡飛輝。胡弗自愛，而戰家鷄。魏庭一入，不還越谿。朱烏星精，幻爲傾城。霓裳綴旒，目眩心驚。

舞馬

原始

詩曰：吉日庚午，既差我馬。

爾雅曰：差，擇也。宗廟齊毫，戎事齊力，田獵〔二〕齊足。

説文曰：馬，怒也，武也。馬一歲曰𩡧，二歲曰駒，三歲曰駣，兆。八歲曰馴。八。高六尺曰驕，七尺曰騋，八尺曰龍。騺，駿馬也，以壬申日死，乘馬忌之。

吕覽曰：伊尹説湯曰：天子不得至味，故須青龍之疋，遺風之乘。師古曰：馬行疾，每在風前，故遺風于後也。

吕觀表曰：古之善相馬者，寒風氏相口齒，麻朝相頰，子女厲相目，衛忌相髭，許鄙相䏺，投伐褐相胸脅，管青相膹肳，陳悲相股腳，秦牙相前，贊君相後。

石氏星經云：伯樂，天星名，主典天馬。注云：孫陽善馭，故以爲名。

段安節樂府雜録曰：舞者樂之容也，有大垂手、小垂手。或象驚鴻，或如飛燕。婆娑，舞態也；蔓延，舞綴也。古之能者，不可勝記。即有健舞、軟舞、字舞、花舞、馬舞。馬舞者，櫳馬人著綵衣，執鞭於床上舞蹀躞，蹄皆應節奏也。

宋膺異物志曰：大宛馬有肉角數寸。或有解人語及知音、舞與鼓節相應者〔三〕。

〔二〕獵，原訛「臘」。

〔三〕者，原脱。

叙事

山海經海外西經曰：大樂之埜，夏后啓于此舞九代。九代，馬名。舞，謂盤作之，令舞也。乘兩龍，雲〔一〕蓋三層；左手操翳，右手操環，佩玉璜。在大運山北。一曰大遺之野。

又曰：天帝之山有艸焉，狀如葵，臭如蘼蕪，名曰杜蘅，可以走馬。帶香令使馬。或曰：馬得之健，能走。

宋書曰：宋大明五年，吐谷渾拾寅遣使獻舞馬。按宋書不載此事，乃出初學記中，想唐世宋書非一家耳。

南史曰：天監四年，禊飲華光殿。其日河南國獻赤龍駒，能拜伏，善舞。詔〔二〕率與到溉、周興嗣爲賦，武帝以率及興嗣爲工。

杜氏通典雜舞曰：今翔麟、鳳苑厩有蹀馬，俯仰騰躍，皆合曲節，朝會用樂，則兼奏之。

唐書樂志曰：玄宗嘗以馬百匹，盛飾，分左右，施三重榻，舞傾杯數十曲，壯士舉榻，馬不動。樂工少年姿秀者十數人，衣黄衫、文玉帶，立左右。每千秋節，舞於勤政樓下。

〔一〕「乘兩龍，雲蓋三層」，「龍雲」二字原倒作。

〔二〕詔，原訛「語」。

明皇雜録曰：玄宗嘗命教舞馬四百蹄，各爲左右，分爲部，目爲某家〔二〕寵、某家驕。時塞外亦有善馬來貢者，上使之教習，無不曲盡其妙。因命衣以文繡，絡以金銀，飾其鬃鬣，間以珠玉，其曲謂之傾盃〔三〕樂者數十回，奮首鼓尾，縱横應節。又施三層板床，乘馬而上，旋轉如飛。或命壯士舉一榻，馬舞于榻上，樂工數人立左右前後，皆衣澹黄衫、文玉帶，必求少年而姿貌美秀者。每千秋節，命舞於勤政樓下。其後上既幸蜀，舞馬亦散在人間。禄山嘗睹其舞而心愛之，自是因以數匹賣〔三〕于范陽，其後轉爲田承嗣所得，不之知也，雜之戰馬，置之外棧。忽一日，軍中享士，樂作，馬舞不能已。厮養皆謂其爲妖，擁篲以擊之。馬謂其舞不中節，抑揚頓挫，猶存故態。厩吏遽〔四〕以馬怪白承嗣，命箠之甚酷。馬舞甚整，而鞭撻愈加，竟斃于櫪下。時人亦有知其舞馬者，懼暴而終不敢言。

珊瑚鈎詩話曰：唐開元中，教舞馬四百蹄，衣以文繡，飾以珠玉，和鸞金勒，星粲霧駁，俯仰赴節，曲盡其妙。每舞，藉以巨榻。杜詩云：「鬬鷄初賜錦，舞馬既登床。」初，明皇命五方小兒，

〔二〕家，原脱。
〔三〕盃，原訛「盤」。
〔三〕賣，一本作「置」。
〔四〕遽，原訛「據」。

分曹鬭鷄，勝者纏以錦段，舞馬則藉之以榻耳。禄山之亂，散徙四方。魏博田承嗣一日享軍，樂作而馬舞不休，以爲妖而殺之。後人嗟其不遇。顔太初曰：「引重致遠，馬之職也。變其性而爲倡優，其謂之妖而死也，宜矣。」

景龍文館記曰：中宗時，殿中奏蹀馬之戲，宛轉中律，遇作飲酒樂者，以口啣杯，卧而復起。吐蕃大驚。

表

曹植獻文帝馬表：臣於先武皇帝世，得大宛紫騂一疋。形法應圖，善持頭尾，教令習拜，今輒已能。又能行與鼓節相應。謹以表奉獻。

賦

謝莊乘輿舞馬賦：天子叙三光，總萬宇〔一〕，挹雲經之留憲，裁河書之遺矩。是以德澤上昭天

〔一〕宇，原訛「寓」。

而下漏泉，符瑞之慶咸屬，榮懷之應必躔。月晷呈祥，乾維効氣，賦景阿〔一〕房，承靈天駟。凌原郊而漸景，曜□〔二〕泉而泳質。辭水空〔三〕而南傃，去輪臺而東暨。登璧門而歸實，掩芝庭而獻轡。及其養安騏校，進駕龍涓，暉大馭於國皂，賁二襄於帝閑。超益埜而踰緑地，軼蘭池而轢紫燕。五王晦其頤，□〔四〕氏懵其玄。東門豈或狀，西河不能傳。既秣芭以均性，又佩蘅以崇躅。養雄神於綺文，蓄奔容於帷燭。蘊□〔五〕雲之鋭影，戢追電之逸足。方疊鎔於丹縞，亦連規於朱駮。觀其雙璧應範，三封中圖，玄骨滿，燕室虛，陽理競，潛策紓，汗飛赭，沫流珠〔六〕。至於肆夏已升，采齊既薦，始徘徊而龍俛，終沃若而鸞盼。迎調露於飛鍾，起〔七〕承雲於驚箭。寫秦坰之弭塵，狀吴門之曳練。窮虞庭之躞蹀，究遺野之埋□〔八〕。夫蹠寔之態未卷，凌遠之氣方攄，歷岱埜而過碣石，跨滄流而軼姑餘。朝送日於西阪，夕歸風於北都。尋瓊宫於倏瞬，望銀臺於須臾。

〔一〕阿，原訛「河」。
〔二〕缺字或作「流」。
〔三〕空，一本作「穴」。
〔四〕缺字一作「孫」。
〔五〕缺字一作「騰」。
〔六〕珠，一作「朱」。
〔七〕起，一本作「赴」。
〔八〕埋□，一本作「環祛」。

張率舞馬賦序：臣聞天用莫如龍，地用莫如馬。故禮稱驪騵，詩誦騮駱。先景遺風之美，世所得聞；吐圖騰光之異，有時而出。洎我大梁，光有區夏，廣運自中，員照無外，日入之所，浮琛委贄，風被之域，越險効珍，軨服烏〔一〕號之駿，騊駼豢龍之名。而河南又獻赤龍駒，有奇貌絶足，能拜善舞。天子異之，使臣作賦。曰：維梁受命四載，元符既臻，協律之事具舉，膠庠之教必陳。檀輿之用已偃，玉輅之御方巡。考帝文而率通，披皇圖以大觀。慶惟道而必先，靈匪聖其誰贊。見河龍之瑞唐，矚天馬之禎漢。既叶符而比德，且同條而共貫。詢國美於斯今，邁皇王於曩昔。散大明以燭幽，揚義聲而遠斥。固施之於不窮，諒無所乎朝夕。並承流以請吏，咸向風而率職。納奇貢於絶區，致龍媒於殊域。伊況古而赤文，爰在兹而朱翼。既効德於炎運，亦表祥於尚色。資皎月而載生，祖河房而挺授。種北唐之絶類，嗣西宛之鴻胄。禀妙足而逸倫，有殊姿而特茂。善環旋於齊夏，知蹈躡於金奏。超六種於周閑，踰八品於漢厩。伊自然之有質，寧改觀於肥瘦。豈徒服皂而養安，與進駕以馳驟。爾其挾尺縣鑿之辨，附蟬伏兔之别，十形五觀之姿，三毛八肉之勢，臣何得而稱焉，固已詳於前製。徒觀其神爽，視其豪異，軼跨野而忽踰輪，齊秀騏而並末駟。貶代盤而陋小華，越定單而少天驥。信無等於漏面，孰有取於決鼻。可以迹章、亥之所未

〔一〕烏，原訛「鳥」。

遊，踰禹、益之所未至。將不得而屈指，亦何暇以理轡。若迹遍而忘反，非我皇之所事。方潤色於前古，邈深文而儲思。既而機事多暇，青春未移。時惟上巳，美景在斯。遵鎬飲之故實，陳洛讌之舊儀。漕伊川而分派，引激水以回池。集國良於民儁，列樹茂於皇枝。紛高冠以連衽，鏘鳴玉而肩隨。清蹕道於上林，肅華臺之金座。望發色於緑苞，佇流芬於紫裹。聽磬鎛之畢舉，聆韶夏之咸播。承六奏之既闋，及九變之已成。均儀禽於唐序，同舞獸於虞庭。懷夏后之九代，想陳王之紫騂。乃命涓人，効良駿，經周衛，入鉤陳。言右牽之已來，寧執朴而後進。既傾首於律同，又蹀足於鼓振。擢龍首，回鹿軀，睨兩鏡，蹙雙鳧。既就場而雅拜，時赴曲而徐趨。敏躁中於促節，捷繁外於驚桴。騏行驥動，獸〔一〕發龍驤；雀躍燕集，鵠引鳧翔。妍七盤之綽約，陵九劍之抑揚。豈借儀於褕袂，寧假器於鼗皇。婉脊投頌，俛膺合雅。露沫歕紅，沾汗流赭。乃卻走於集靈，馴惠養於豐夏。鬱風雷之壯心，思展足於南埜。若彼符瑞之富，可以臻介丘而昭卒業，搢紳群后，誠希末光，天子深穆爲度，未之訪也。何則進讓殊事，豈非帝者之彌文哉？今四衛外封，五岳內郡，宜弘下禪之規，增上封之訓，背清都而日行，指雲郊而玄運。將絶塵而弭轍，類飛鳥與駈驢。總三才而驅鶩，按五御而超攄。翳卿雲於華蓋，翼條風於屬車。無逸御於玉軫，不泛駕於金

〔一〕獸，一作「虎」。

輿。飾中岳之絶軌，營奉高之舊墟。訓厚況於人神，弘施育於黎獻。垂景炎於長世，集繁祉於斯萬。在庸臣之方剛，有從軍之大願。必自兹而展采，將同畀於庖煇。悼長卿之遺書，憫周南之留恨。

鄭錫舞馬賦〔三〕序曰：書曰：「擊石拊石，百獸率舞。」是知時貞而物應，德博則化光。故九有宅心，萬方惟允。我開元聖文神武皇帝陛下，懋建皇極，丕承寶命，揚五聖之耿光，安兆民於反側。功成道備，作樂崇德。上以殷薦祖宗，下以導達情性。則有天馬絶足，來從東道，出天庭而屢舞，仰皇心而載悦。豈止緑錯開圖，分九疇於夏后；汗溝走血，服四夷於漢皇而已哉。埜人沐浴聖造，與觀盛德，敢述蹈舞之事而賦之。　皇帝叶天行，乘春候，張廣樂而化通鬼神，徵舞馬而懷柔奔走。爾其聆音卻立，赴節騰湊，顧遲影而傾心，矜長鳴而引脰。徘徊振迅，類威鳳之來儀；指顧倏忽，若騰猨之驚透。眄鐘鼓而載止，暢簫韶之九奏。洎宛迹遲遲，汗血生姿，順指不動，因心所之。日照金羈而晴光交映，風飄錦覆而淑氣相資。顧以退而未即，將欲進而復疑。絶節交衢而大人相慶，赴曲齊列而皇心則怡。豈若檀溪水上，章臺路前，塵埋玉勒，汗濕金鞭。竟空疲於力用，固無取於當年。孰若矯足騰攉，婉柔姿而近日；驚身聳躍，嬌逸態於鈞天。別有假

〔三〕全唐文卷九六一載此賦，作者失著。

象天星，因時降靈，雙瞳夾鏡而異質，兩權夾月而殊形。出渥洼兮道已泰，歷昊〔二〕坂兮心匪寧。願因百獸之相率，舞聖德於天庭。

又〔三〕：渥洼之駿兮，逸群特秀。簡偉之來兮，稀代是覯。豈憚夫行地無疆，是美其承天之祐。彌雄心以順軌，習率舞而初就。因大樂以逞狀，隨伶官而入奏。樂彼皇道，上委折於一人；狎節廣場，下觀心於百獸。飾金鈸，頓紅綏，類卻略以鳳態，終宛轉而龍姿。或進寸而退尺，時左之而右之。至如鼉鼓歷考，龍笛昭宣，知執轡之有節，乃蹀足而争先。隨曲變而貌無停趣，因矜固而態有遺妍。既習之於規矩，或奉之以周旋。迫而觀焉，若桃花動而順吹；遠而察之，類電影倏而横天。固絶倫之妙有，豈衆伎之齊焉？我皇端拱無事，垂意至寧。愔愔正聲，以久變而合樂；逐逐良馬，終萬舞而在庭。豈比夫漢皇取樂而同轡，魯侯空牧而在坰？以今古而匹敵，何長短之相形！

錢起千秋節勤政樓下觀舞馬賦以「態有餘妍，貌無停趣」爲韻。曰：惟大唐之握乾符，聲諧六律，化廣三無，能使乘黄服皂，龍馬負圖。必將登高率舞，豈獨載馳載驅？歲八月也，一聖之生，千秋之

〔二〕昊，原訛「具」。

〔三〕此篇見載於全唐文卷九六一，作者失著。沈志前標「第二」以示在全唐文中與前賦毗鄰。

首，舉天慶丹陵之會，率士獻南山之壽。上乃御層軒，臨九有，張葛天氏之樂，醉陶唐氏之酒。感百獸之來儀，即八駿之孔阜。於是陳金石，儼簪裾，廣埸天近，彩仗晴初。有騢有驈，有驒有魚。雲聚日下，花明露餘。帝曰司僕，舞我騏馬〔二〕，可以敷張皇樂，可以啓迪歡趣。須臾金鼓奏，玉管傳，忽兮龍踞，愕爾鴻翻。頓纓而電落珠鬣，驤首而星流白顛。動容合雅，度曲遺妍。盡庶能於意外，期一顧於君前。噴玉生風，呈奇變態，雖燕王市駿骨，一師馳絶塞，豈比夫舞皇衢，娱聖代，表吾君之善貸？向使垂耳長坂，翹足遠坰，天驥之才莫用，鹽車之役不停。安得播天樂，輝皇靈，服御惟允，簫韶是聽？則知絶群稱德，殊藝逸貌，足之舞之，莫匪聖人之教，則陳力者願驅策而是效。

詩

薛曜舞馬篇曰：星精龍種競騰驤，雙眼黄金紫豔光。一朝逢遇昇平代，伏皂銜圖事帝王。我皇盛德苞六羽，俗泰時和虞石拊。昔聞九代有餘名，今日百獸先來舞。鈎陳周衛儼旌旄，鐘鎛陶匏聲殷地。承雲嘈囋駭日靈，調露鏗鋐動天駟。奔塵飛箭若麟螭，躡景追風忽見知。咀銜拉

〔二〕馬，一本作「彝」。

鐵並權奇，被服雕章何陸離。紫玉鳴珂臨寶鐙，青絲綵絡帶金羈。隨歌鼓而電驚，逐丸劍而飆馳。態聚蹢還急，驕凝聚不移。光敵〔二〕白日下，氣擁綠煙垂。婉轉盤跚殊未已，懸空步驟紅塵起。驚鳧翔鷺不堪儔，矯鳳迴鸞那足擬。蘅垂桂裛香氛氳，長鳴汗血盡浮雲。不辭辛苦來東道，秖爲簫韶朝夕聞。閶闔間，玉臺側，承恩煦兮生光色。鸞鏘鏘，車翼翼，備國容兮爲戎飾。充雲翹兮天子庭，荷日用兮情無極。吉良乘兮一千歲，神是得兮天地期。大易占云南山壽，⿺走參⿺走覃共樂聖明時。

張説舞馬千秋萬歲樂府詞三首：金天誕聖千秋節，玉醴還分萬壽觴。試聽紫騮歌樂府，何如騄驥舞華岡。一作「觴」。連騫勢出魚龍變，蹀躞驕生鳥獸行。歲歲相傳指樹日，翩翩來伴慶雲翔。一

聖皇至德與天齊，天馬來儀自海西。腕足徐行拜兩膝，繁驕不進踏千蹄。髬髵奮鬣時蹲踏，鼓怒驤身忽上躋。更有銜杯終宴曲，垂頭掉尾醉如泥。二

遠聽明君愛逸才，玉鞭金翅引龍媒。不因兹白人間有，定是飛黄天上來。影弄日華相照耀，噴含雲色且裴徊。莫言闕下桃花舞，別有河中蘭葉開。三

張説舞馬詞六首：萬玉朝宗鳳扆，千金率舞龍媒。眄鼓凝驕躞蹀，聽歌弄影徘徊。一

天鹿遥徵衛叔，日龍上借羲和。將共兩驂争舞，來隨八駿齊歌。二

〔二〕敵，原訛「獻」。

綵旄八佾成行，時龍五色因方。屈膝銜杯赴節，傾心獻壽無疆。三

帝皂龍駒沛艾，星蘭驥子權奇。騰倚驤洋應節，繁驕接迹不移。四

二聖先天合德，群靈率土可封。擊石駼驒紫燕，摐金顧步蒼龍。五

聖君出震應籙，神馬浮河獻圖。足踏天庭鼓舞，心將帝樂踟蹰。六

陸龜蒙舞馬：月窟龍孫四百蹄，驕驤輕步應金鞞。曲終似要君王寵，回望紅樓不敢嘶。

唐寅伯虎集馬：天上飛龍厩，關西犢鼻騧。承恩披玉鐙〔二〕，弄影浴金沙。舞獻甘泉酒，驕嗛内苑花。丹青流落處，駑馬尚堪誇。

非磊落氏贊曰：

驪騵騮駱，坰坰蹻蹻。昔擬游龍，今隨舞鶴。紫繡作衣，黄金爲絡。蔓延入轂，婆娑就約。床當翠盤，杯當文籥。夏后始創，明皇乃擴。

蟲天志卷之四終

〔二〕鐙，原作「凳」。

蟲天志卷之五

吴淞非磊落氏沈弘正譔

舞象

原始

韓子曰：人希見生象也，而得死象之骨，按其圖以想其生也。故諸人之所以意想者也，皆謂之象也。

西陽雜俎曰：釋氏書言，象七支〔一〕柱地，六牙。牙生理〔二〕必因雷聲。

〔一〕支，原訛「九」。

〔二〕生理，一本作「生花」。

西京雜記曰：漢制，天子以象牙爲火籠。

孔平仲談苑曰：象耳中有油出，謂之山性發，狂奔傷人。牧者視象耳有油出，則多以索縻之。

北户録曰：凡象白者西天有之。又供御陁國有青象，皆中夏所無也。

熊太古冀越集曰：象能言，有人知其言，故通南方之語者名曰象。余在南寧左江，黄安撫出獵，得四十餘象。一象死，群象哭之，餘象後中傷，皆望西而斃，亦有首丘之義焉。人掘坑坎，艸木覆之。或象陷於坑中，餓數日，人以草飼之，與之曰：「我能飼汝。」象不應。又越一二日，饑倦不勝，又以艸飼之，且曰：「若從我，我能掘坑作平地，使汝出求食。」象若應之。即登其身，拊摩之；不動，得出坑，終身不敢傷此人。

敘事

白孔六帖曰：成帝六年，林邑王獻馴象而能拜跪。

吴志曰：賀齊爲新都郡守。孫權出祖道，作樂舞象。權謂齊曰：「今定天下，都中國，使殊俗貢珍，百獸率舞，非君而誰？」

江表傳曰：孫權遣使詣闕〔一〕，獻馴象二頭。魏太祖欲知其斤重，咸莫能出其理。鄧王沖尚幼，乃曰：「置象大船上，刻其所至，秤物以載之，校可知也。」

唐書曰：自永徽以來，文單國累獻馴象，凡三十有二，皆豢於禁中。頗有善舞者，以備元會充庭之飾。

明皇雜録曰：上每賜酺御樓，引大象犀牛或拜或舞，動中音律。

與物傳曰：唐明皇所教舞象。禄山亂，大宴胡酋，出舞象，紿曰：「此自南海奔至，以吾有天命，雖異類必拜舞。」令之，象皆怒目不動。禄山盡殺之。

嶺表録異曰：蠻王設〔二〕漢使於百花樓前。設舞象，曲樂動〔三〕，即倡優引入一象，以金羈絡首，錦襜垂身，隨拍膝踏動，掉頭搖尾，皆合節奏，即舞馬之類。

與物傳曰：元順帝有一象，每宴必拜舞爲儀。王師破燕，徙象至南京。一日，上設宴，令象舞，象伏不起，殺之。次日作木牌，一書「危不如象」，一書「素不如象」，掛危素左右肩。

〔一〕闕，原脱。

〔二〕設，今本作「宴」。

〔三〕曲樂動，原訛「曲動樂」。

贊

郭璞山海經圖贊曰：象實魁梧，體巨貌詭。肉兼十牛，目不踰豕。望頭如尾，動若丘徙。

南州異物志贊曰：馴良承教，聽言則跪。素牙玉潔，載籍所美。

鄒緝素菴集白象贊曰：永樂十七年四月己丑，征夷將軍豐城侯李彬自交趾遣使獻白象。素質霜毛，膚體皓白，蓋南方之奇産也。惟南郊絶域之地，象故其所有，而以白産者爲奇，然罕常得也。聖明在上，萬國咸寧，雨暘以時，物無疵厲。凡四夷外國之君長，無有遠邇，莫不冠帶右衽，内向來朝。況兹交趾，居國之南徼，其地歸于職方，漸被聖化，已十有餘年，固非殊方外域之可比矣。山川降靈，産此奇獸，豈偶然哉？欽惟皇帝陛下，臨御以來，深仁厚澤，遍被寰宇，嘉祥異瑞，駢臻沓至，不可勝數。騶虞麒麟，皆常再至；玄兔白烏，又嘗並見。而白象之來，亦嘗一貢于占城矣。今兹復來于交趾，兹非聖上德化之所及者深，安能若是哉？是宜有所贊詠，以彰盛治於無窮。臣緝謹拜手稽首而爲贊曰：摇光降精，下生奇物。惟此巨獸，産自南越。有龐其軀，其特其狀。身負萬鈞，其名曰象。三歲一乳，禀質異常。霜毛皎白，雪毳凝光。屹如高丘，皓若積素。修牙雙潔，長鼻如柱。進退馴伏，步行安舒。玉瑩冰妍，粲其瓊膚。惟我聖皇，德被遐裔。致此嘉祥，爲時之瑞。含靈胤秀，有偉其形。被之纓絡，進于大廷。馴習承教，宜駕玉輦。聽言服義，負重致遠。惟象之潔，爲物之奇。微臣不佞，敢述贊辭。

賦

杜甫越人獻馴象賦曰：倬彼馴象，毛群所推。特禀靈於荒徼，思入貢於昌期。豈不以獻我令辰，自林邑而來者。稽諸舊史，在成康而紀之。一則識王者之無外，一則見遐方之不遺。苟形瓌之足偉，孰路遠之云辭。於是出豐艸，去長林，殊狒狒之被〔二〕格，異猩猩之就擒。厲其容也，故獸伏我力；和其性也，故物知我心。作蠻方之貢，爲上國之琛。萬國標奇，名已馳於魏闕；千年表慶，價實越於南金。況乘之便習，或訛或立，動高足以巍峨，引修鼻而噓吸。塵隨蹤而忽起，水將飲而迴入。牙櫛比而椮椮，眼星翻而熠熠。中黄雖勇，力不能加；蒼舒信奇，知之莫及。服我后之皂棧，光有〔三〕唐之域邑。驅之則百獸風馳，翫之則萬夫雲集。故其威容足尚，筋力殊壯，輪

〔二〕被，原訛「彼」。
〔三〕有，原訛「我」。

囷〔二〕而重若旄丘，贔屭〔三〕而高如巨防。執燧奔戰，牽鈎委覝。遇之者或驚駭而反行，覘之者或披靡而遥望。何斯象之剛克，兼美義之不忒。懼有齒而焚軀，故全身而利國。縱使牛能任重，馬有報德，徒久困於輪轅，又每傷於銜勒。豈如我邈自遠藩，來朝至尊，辭桂林之小郡，入閶闔之通門。負名聞之籍籍，守馴擾以存誠。幸投之於芻藁，豈敢昧於君恩。

杜洩越人獻馴象賦曰：惟彼馴象，産乎南夷。其形大也，因地而受氣；其性順也，從心之所資。食豐艸於幽巖之麓，飲清流於長江之湄。不忌於人，如得其時。推誠於物，任以縶維。此吾王之化被也，故遠人得而獻之。中心摇摇，其道遲遲。左顧右眄，知出群之已遠；廣思遐想，與艸澤而長辭。修途是尋，疊嶂嶇嶔。或行於陸，但隨山而上下；或載於舟，距涉江之淺深。既濟水以次水，復出林而入林。所過之邦，徒觀其骯髒之貌；所寓之衆，豈識其謙柔之心？荒徼已違，王畿斯入。聞之者遐邇必至，睹之者士女咸集。與疑人不知其故，皆愕然而立。或告之曰：所馭之者越人，所出處者林邑。近之可仰，遠之可望。銓衡不能舉其體，丹青足以圖其狀。揣輕重者，我有蒼舒之智高；思柔服也，我有周公之德王。以之馳三軍，比矛戟而齊鋒；以之和六

〔二〕 囷，原訛「困」。
〔三〕 屭，原訛「負」。

氣，與簫韶而俱唱。稽其來也，自南徂北。嘉彼所獻，充我王國。食以筐筥，牽以徽纆〔二〕。將致貢於昆夷，亦率職於邛僰。斯之爲義，可得而論。性之馴良，表邊夷之向化；體之固實，揣中夏之所尊。以君好生之故，我身必壽；以君賤貨之故，我齒斯存。豈克耕於埜，輸衆人之力？曷如我入貢，霑萬乘之恩。雖自慚於陋質，永願在乎王門。

詩

李嶠象：鬱林開郡畢，維揚作貢初。萬推方演楚，惠子正焚書。執燧奔吴戰，量舟入魏墟。六牙行致遠，千葉奉高居。

陸龜蒙雜伎：拜象馴犀角觝豪，星丸霜劍出花高。六宫争近乘輿望，珠翠三千擁赭袍。

非磊落氏贊曰：

彼鈍公子，一身十牛。細目如豕，修鼻如鉤。鉤端有鍼，拾芥弗愁。貌詭性義，遇奴而柔。拜也覆車，秤也刻舟。賴爾率舞，麒麟不遊。

〔二〕纆，原訛「纏」。

舞猴

原始

田藝蘅留青日札曰樂記「獶雜子女」注：「舞者如猴戲。」詩云：「毋教猱升木。」陸機云：「獼猴也。」一曰母猴，一名王孫，即胡孫，或作玃、獶。師古曰：「善抆拭，故謂善塗者爲玃人。」蓋猱本貪獸也。詩疏曰：「猱，獨猴也，楚人謂之沐猴。」故今之娼婦謂之曰猱兒。又古有沐猴鬬狗之戲。今教坊司能舞猴。

羅願爾雅翼曰：猴之性躁動，今教擾之者，皆先植杙地中，使其坐上。大抵旬月而後性定。既易定，技藝乃復易成。

崇安志曰：武夷山多獼猴，其小者僅如拳。

叙事

幕府燕閒録曰：唐昭宗播遷，隨駕有弄猴，能隨班起居，昭宗賜以緋袍，號供奉。又謂之猴部頭。朱梁篡位，取猴令殿下起居，猴望見全忠，徑趨而前，跳躍奮擊，遂〔二〕令殺之。唐臣愧此猴多矣。

清異録曰：郭休隱居泰山，畜一胡孫，謹恪不踰規矩，呼曰尾君子。

避暑録話曰：太宗敦獎儒術，初除張參政洎、錢樞密若水爲翰林學士，喜以爲得人，諭輔臣云：「學士清切之職，朕恨不得爲之。」唐故事，學士禮上，例弄獮猴戲，不知何意。國初久廢不講，至是乃使敕設日舉行，而易以教坊雜手伎，後遂以爲例。

東坡志林曰：昨日見泗倅陳敦固道言：「胡孫作人狀，折旋俯仰中度，細觀之，其相侮慢也甚矣。人言弄胡孫，不知爲胡孫所弄。」其言頗有理，故記之。

野人閑話曰：蜀中有楊于度者善弄胡孫。于闤闠中乞丐于人，常飼養胡猻大小十餘頭，會人語，或令騎犬作參軍行李則，呵殿前後，其執鞭驅策，戴帽穿靴，亦可取笑一時。如弄醉人，則必倒之，卧于地上，扶之久而不起。于度唱曰「街使來」，輒不起；「御史中丞來」，亦不起；或微言「侯侍中來」，胡猻即便起走，眼目張惶，佯作懼怕。人皆笑之。侯侍中弘實，巡檢内外，主嚴重，人皆懼之，故弄此戲。一日，内廄胡猻維絶，走上殿閣，蜀主令人射之，以其蹻捷，皆不之中，竟不能捉獲者

〔二〕 遂，説郛等引作「遽」。

三日。内豎奏楊于度善弄胡猻，試令捉之。遂以十餘頭入，望殿上拜，拱手作一行立，内厩胡猻亦在舍上窺覷。于度高聲唱言：「奉敕捉舍上胡猻來！」手下胡猻一時上舍，齊手把捉内厩胡猻，立在殿上。蜀主大悦，因賜楊于度緋衫錢帛，收係教坊。有内臣因問楊于度：「胡猻何以教之而會人言語？」對曰：「胡猻乃獸，寔不會人語。于度緣飼之靈砂，變其獸心，然後可教。」内臣深訝其説。則有好事者知之，多以靈砂飼胡猻、鸚鵡、犬鼠等以教之。故知禽獸食靈砂，尚變人心；人食靈砂，足變凡質。

夷堅志曰：長老知策，住持山陰能仁寺，畜一猴甚馴，名之曰孫犬。嘗以遺總管夏侯恪，寘諸馬厩。策每訪恪，孫犬認轎乘僮奴，則跳躑掣頓不已。恪憐之，復以歸策。策住山六年，辭去不得。一日拂早爲遁計，時淳熙十一年八月中秋日也。孫犬覺境象不類常時，即泣下絶食，未午而死。剡人唐大時寓寺中，親見其事，嗟異之。

輟耕録曰：夏雪簑云，嘗見優人杜生彦明，説向自江西回至韶州，寓宿旅邸。邸先有客曰相公者居焉，刺繡衣服，琢玉帽頂，而僅皮履。生惑，具酒肴延款。問以姓名、履歷，客具答甚悉，初不知其爲盗也。次日，客酬讌，邀至其室，見柱上鎖一小猴，形神精狡。既縱，使周旋席間。忽番語遣之，俄捧一楪至；復番語詈之，即易一碗至。生驚異，詢其故。客曰：「某有婢得子，彌月而亡。時此猴生旬有五日，其母斃於獵犬，終日叫號可憐，因令此婢就乳之。及長成，遂能隨人指使，兼解番語耳。生别後，至清州，留吴同知處忽報客有攜一猴入城者。吴語生云：「此人乃江湖巨盗。凡至人家，窺見房室路徑并藏蓄所在，至夜使猴入内偷竊，彼則在外應接。吾必奪此猴爲人除害也。」明日，客謁吴，吴款以飯，需其猴。初甚拒，吴曰：「否則就此斷其首。」客不得已，允許。吴酬白金十兩。臨去，番語囑猴。適譯史聞得，來告吴曰：「客教猴云：汝若不飲不食，彼必解爾縛，可亟逃來，我只在十里外小寺中伺也。」吴未之信。至晚，試與之果核水食之類，皆不食。急使人覘之，此客果未行。歸報，引猴撾殺之。

古今詩話曰：京師優人以雜物數十種布地，使人暗記物色，然後遣沐猴認之。每沐猴得之，優人即曰：「道着也馬留。」馬留，蓋優人呼沐猴之名。

詩

羅隱感弄猴人賜朱紱：十二三年就試期，五湖煙月奈相違。何如買取猢孫弄，一笑君王便著緋。

杜甫從人覓小胡孫許寄：人説南州路，山猨樹樹懸。舉家聞若欬，爲寄小如拳。預哂愁胡面，初調見馬鞭。許求聰慧者，童稚捧應顛。

梅堯臣詠楊高品馬厩胡猻：嘗聞養騏驥，辟意繫獮猴。供奉新教藝，將軍舊病偷。聊看緣柱杪，尚想傍崖頭。更祝南州使，如拳試爲求。

黄庭堅韓駒〔一〕謝人寄小猢猿：真〔二〕宜少陵覓，未解柳州憎。婢喜常儲菓，奴顛屢掣繩。

非磊落氏贊曰：

衣裳楚楚，沐猴而冠。著緋供奉，受號設官。善作優孟，學士諦觀。人被爾弄，反以爲歡。一擊全忠，胡面義肝。山中之君，可以遊盤。

舞鱉

原始

文子曰：鱉無耳而不可蔽，精於明也。

〔一〕能改齋漫録辨誤謂韓子蒼有謝人寄小胡孫詩，瀛奎律髓著題係於黄庭堅名下。

〔二〕真，一本作「直」。

埤雅曰：鱉以眼聽。

物類相感志曰：人之多遺忘者，取鱉爪着衣帶中則已。

叙事

陳繼儒珍珠船曰：教舞鱉者，燒地，置鱉其上，忽抵掌，使其跳梁。既慣習，雖冷地，聞拊掌亦跳梁。教黽、鶴舞亦用此術。

賦

陸機鱉賦并序：皇太子幸於釣臺，漁人獻鱉，命侍臣作賦。其狀也，穹脊連脅，玄甲四周。遁方圓於規矩，徒廣狹以妨。循盈尺而腳寸，又取具於指掌。鼻嘗氣而忌脂，耳無聽而受響。是以栖居多逼，出處寡便，尾不副首，足不運身。於是從容澤畔，肆志汪洋。朝戲蘭渚，夕息中塘。越高波以燕逸，竄洪流而潛藏。咀蘭蕙之芳荄，翳華藕之垂房。

潘尼鱉賦序曰：皇太子遊於玄圃，遂命釣魚，有得鱉而戲之者，令侍臣賦之。翩銜鉤〔二〕以振

〔二〕鉤，原訛「鈞」。

掉，吁駭人而可惡。既顛墜於巖岸，方盤跚而雅步。或延首以鶴顧，或頓足而鷹距。或曳尾於塗中，或縮頭於殼裏。若乃秋水暴駭，百川沸流，有東海之巨鰲，乃負山而吞舟。

非磊落氏贊曰：

匪盤匪盂，裙襴大夫。無耳受響，拊掌而趨。跳梁熱地，曳尾泥塗。昔在蘭渚，隨鴛伴鳧。一入玄圃，縶若亡俘。性不遺忘，佩爪則符。

蟲天志卷之五終

蟲天志卷之六

吴淞非磊落氏沈弘正譔

鸚鵡能言

原始

山海經曰：黄山及數歷之山有鳥焉，其狀如鴞，赤喙，人舌，能言，名曰鸚鵡。

禽經曰：鸚鵡摩背而瘖。

酉陽雜俎曰：鸚鵡能飛。衆鳥趾前三後一，唯鸚鵡四趾齊分。凡鳥下瞼眨上，獨此鳥兩瞼俱動如人目。

北户録曰：廣之南新、勤、春十州呼爲南道〔一〕，多鸚鵡。凡養之，俗忌以手頻觸其背，犯者即多病顫而卒，土人謂爲鸚鵡瘴。

桂海虞衡志曰：南人養鸚鵡者云，此物出炎方，稍北中冷則發瘴噤戰，如人患寒熱。以餘〔二〕柑子飼之則愈，不然必死。

又曰：白鸚鵡大如小鵝，亦能言。羽毛玉雪，以手撫之，有粉黏著指掌，如蛺蝶翅。

海外三珠曰：南禽中如鸚鵡、八哥、白鷴、錦鷄、孔雀之屬，或發風不食，上有一肉珠，圓如豆大，以針挑破之，則立愈。在尾尖之上，即所謂壺也。

叙事

異苑曰：張華有白鸚鵡。華每出行，還，輒説僮僕善惡。後寂無言，華問其故。答曰：「見藏甕中，何由得知？」公後在外，令唤鸚鵡。鸚鵡曰：「昨夜夢惡，不宜出户。」公猶强之。至庭，爲鸇所搏，教其啄鸇腳，僅而獲免。

〔一〕原句舛作「廣之南勤、春十州呼爲新南道」。

〔二〕餘，原脱。

明皇雜録曰：開元中，嶺南獻白鸚鵡，養之宫中。歲久，頗聰慧，洞曉言辭，上及貴妃皆呼雪衣女。性既馴擾，常縱其飲啄飛鳴，然亦不離屏幃間。上令以近代詞臣詩篇授之，數遍便可諷誦。上每與貴妃及諸王博戲，上稍不勝，左右呼「雪衣娘」，必飛入局中鼓舞，以亂其行列，或啄嬪御及諸王手，使不能争道。忽一日飛上貴妃鏡臺，語曰：「雪衣娘昨夜夢爲鷙鳥所搏，將盡於此乎？」上使貴妃授以多心經，記誦頗精熟，日夜不息，若懼禍難，有所禳者。上與貴妃出於别殿，貴妃置雪衣娘於步輦竿上，與之同出。既至，上命從官校獵於殿下，鸚鵡方戲於殿上，瞥有鷹搏之而斃。上與貴妃歎息久之，遂命瘞於苑中，爲之冢，呼爲鸚鵡冢。

開元遺事曰：長安富民楊崇義妻劉氏有色，與鄰人李弇通，共殺崇義，遂謀葬日。將葬，客集家，有鸚鵡語人曰：「殺主者劉氏、李弇也！」遂敗。明皇聞之，封鸚鵡爲緑衣使者。

天寶遺事曰：唐玄宗宫中養鸚鵡數百。一日問之曰：「思鄉否？」對曰：「思鄉。」遂遣中貴送還山中。後數年，有使臣過隴山，鸚鵡問曰：「上皇安否？」使臣曰：「上皇崩矣。」鸚鵡聞之，皆悲鳴不已。使臣賦詩曰：「隴口山深艸木荒，行人到此斷肝腸。耳邊不忍聽鸚鵡，猶在枝頭説上皇。」

大唐奇事曰：隴右百姓劉潛家大富，唯有一女。初笄，美姿質，繼有求聘者，其父未許。家養一鸚鵡，能言無比，此女每日與之言話。後得佛經一卷，鸚鵡念之，或有差誤，女必証之。每念此經，女必焚香。忽一日，鸚鵡謂女曰：「開我籠，爾自居之，我當飛去。」女怪而問之：「何此言邪？」鸚鵡曰：「爾本與我身同，偶託化劉潛之家，今須卻復本族。無怪我言，人不識爾，我固識爾。」其女驚，白其父母。父母遂開籠放鸚鵡飛去，曉夕監守其女。後三日，女無故而死。父母驚哭不已，方欲葬之，其屍忽爲一白鸚鵡飛去，不知所之。

獨異志曰：東都有人養鸚鵡，以其慧甚，施於僧。僧教之能誦經，往往架上不言不動。問其故，對曰：「身心俱不動，爲求無上道。」及其死，焚之，有舍利。

王保定摭言曰：元相公在浙東，賓府有薛書記，酒後争令，以酒器擲傷公猶子，遂出幕。既去，作十離詩以獻。犬離主、筆離手、馬離厩、燕離巢、珠離掌、魚離池、鷹離主、竹離亭、鏡離臺、鸚鵡離籠詩：「隴西獨自一孤身，飛去飛來上錦裀。都緣出語無方便，不得籠中更唤人。」

李昌齡樂善録曰：富商有段姓者，養一鸚鵡，甚慧，能誦隴客詩及梵本心經。段剪其兩翅，閑以雕籠，加意豢養。熙寧六年，段忽繫獄。及歸，問鸚鵡曰：「我半年在獄，極用怨苦，汝在家，餵飼以時否？」鸚鵡曰：「君半年在獄，早已不堪；鸚哥幾時籠閑，豈亦不生怨恨乎？」段大感悟，即日放之。

幽怪録曰：吴興柳歸舜，隋開皇末嘗自江南抵巴陵，爲大風吹至君山下。維舟登岸，忽見鸚鶻數千，相呼姓字，音旨清越。有名戴蟬兒者，唱歌曰：「吾此曲是漢武鉤弋夫人常所唱。其詞云：戴蟬兒，分明傳與君王語，建章殿裏未得歸，朱箔金釭雙鳳舞。」有名阿蘇兒者，唱曰：「我憶阿嬌深宮下淚，有歌云：昔請馬相如，爲作長門賦，徒使費百金，君王終不顧。」有名武遊郎者，言：「昔見漢武乘鬱金櫂，汎積翠池，自吹紫玉笛，令李夫人唱歌云：顧鄙賤，奉恩私，願吾君，萬歲期。」有名鳳花臺者，言：「昨過蓬萊五樓，爲詩一章，云：露接朝陽生，海波翻水晶，玉樓瞰寥廓，天地相昭明，此時下棲止，投迹依舊楹，顧余復何忝，日侍群僊行。」歸舜比還舟所，舟人云已失歸舜三日矣。後再至尋訪，不復見也。

侯鯖録曰：蔡持正謫新州，侍兒從焉。善琵琶，常養一鸚鵡，甚慧，丞相呼琵琶即扣一響板，鸚鵡傳呼之。琵琶逝後，誤扣響板，鸚鵡猶傳言。丞相大慟，感疾不起。嘗爲詩曰：「鸚鵡言猶在，琵琶事已非。傷心瘴江水，同渡不同歸。」

夷堅志曰：荆南居客麻成忠，淳熙十五年四月，有外寺長老壽普來相見。良久，麻入書室取圓覺經，一鸚鵡在雕籠中忽鳴曰：「告禪師，望賜慈悲救援！」普曰：「爾有何事？」曰：「因閉樊籠三年，無緣解脱。」普曰：「小畜，誰教爾能言？」鸚鵡頓悟，自後不復作聲，類爲物所梗者。若是數月，麻嫌其不語，放使自如。徑走赴普老坐傍，啾啁致謝。普戒之曰：「宜高飛深林，免再墮羅網之厄。」又求指教。普令誦「阿彌陀佛」，少頃即去。經八年餘，慶元年十一月，普遊行至桃源縣，爲王家住庵。夢〔二〕一小兒來謝，問爲誰，曰：「昔是麻成忠鸚鵡，荷師方便，遂得爲人。今在四巷蕭二家作男子矣。」曰：「以何爲驗？我將往視汝。」曰：「弟子左脅下尚有翅毫存。」明日，普訪蕭氏審訂，盡得其說。

記

韋皋西川鸚鵡舍利塔記：元精以五氣授萬類，雖鱗介羽毛，必有感清英淳一作「純」。粹者矣。或炳燿离火，或稟奇蒼精，皆應乎人文，以奉若時政。則有革彼禽類，習乎能言，了空相於不念，留真骨於已斃。殆非元聖示現，感於人心，同夫異緣，用一真化。前歲有獻鸚鵡鳥者，曰：「此鳥聲容可觀，音中華夏。」有河東裴氏者，志樂金仙之道，聞西方有珍禽，群嬉和鳴，演暢法音，以此鳥名載梵經，智殊常類，意佛身所化，常狎而敬之，始告以六齋之禁。比及辰後非時之食，終夕不視，固可以矯激流俗，端嚴梵倫。或教以持佛名號者，一有「日」字。當由有念以至無念，則仰首奮翼，若承若一作「善」。聽。其後或俾之念佛，則默然而不答；或謂之不念，即唱言「阿彌陁佛」。一無「佛」字。歷試如一，曾無爽異。余謂其以有念爲緣生，以無念爲真際。緣生不答，一有「以」字。爲

〔二〕夢，原脱，據夷堅志補卷四補。

緣起也；真際雖言，言本空也。每虛室或一作「戒」。曙，發和雅音，穆如笙竽，静鼓天風，下上其音，一本有「其音或文」四字。念念相續，聞之者莫不洗然而嘉善矣。於戲！生有辰乎！緣有一作「其」。盡乎！以今年七月，悴爾不懌，已日而甚。馴養者知其一無此字。將盡，乃鳴磬告曰：「將西歸乎？爲爾擊磬，爾其存念。」每一擊磬，一稱「彌陀佛」。洎十擊磬，而十念成，斂羽一作「翼」。委足，不震不仆，奄然而絶。按釋典：十念成，往生西方。又云：得佛慧者，歿有舍利，知其説者固不隔殊類哉！或遂命火，以闍維之灋焚之，餘燼之末，果舍利十餘粒，炯爾燿目，瑩然在掌。識者驚視，聞者駭聽，咸曰：「苟可以誘迷利世，安往而非菩薩之化歟？」時有高僧慧觀，常詣三學山巡禮聖迹，聞説此鳥，一作「身」，非。涕淚悲泣，請以舍利於靈山，用陶甓建塔，旌其異也。余謂此禽存而由道，没而有徵，古之所以通聖賢、一作「至聖」。階至化者。女媧蛇軀以嗣帝，中衍鳥身而建侯，紀乎策書，其誰曰語怪？而況此鳥有弘於道流，聖證昭昭，胡可默已？是用不愧，直書於辭。

贊

郭璞贊曰：鸚鵡慧鳥，青羽赤喙。四指中分，行則以觜。自貽伊籠，見幽坐趾。

賦

禰衡鸚䳇賦：時黄祖太子射，賓客大會。有獻鸚䳇者，舉酒於衡前曰：「禰處士，今日無用娱賓，竊以此鳥自遠而至，明慧聰善，羽族之可貴，願先生爲之賦，使四坐咸共榮觀，不亦可乎？」衡因爲賦，筆不停綴，文不加點。其辭曰：惟西域之靈鳥兮，挺自然之奇姿。體金精之妙質兮，合火德之明煇。性辯慧而能言兮，才聰明以識機。故其嬉遊高峻，栖跱幽深。飛不妄集，翔必擇林。紺趾丹觜，緑衣翠衿。采采麗容，咬咬好音。雖同族於羽毛，固殊志而異心。配鸞皇而等美，焉比德於衆禽！於是羨芳聲之遠暢，偉靈表之可嘉。命虞人於隴坻，詔伯益於流沙。跨崑崙而播弋，冠雲霓而張羅。雖綱〔二〕維之備設，終一目之所加。且其容止閑暇，守植安停；逼之不懼，撫之不驚。寧順從以遠害，不違忤以喪生。故獻全者受賞，而傷肌者被刑。爾迺歸窮委命，離群喪侶。閉以雕籠，翦其翅羽。流飄萬里，崎嶇重阻。踰岷越障，載罹寒暑。女辭家而適人，臣出身而事主。彼賢哲之逢患，猶棲遲以羈旅。矧禽鳥之微物，能馴擾以安處？眷西路而長懷，望故鄉而延佇。忖陋體之腥臊，亦何勞於鼎俎？嗟禄命之衰薄，奚遭時之險巇。豈言語以階亂，

〔二〕綱，原訛「網」。

將不密以致危？痛母子之永隔，哀伉儷之生離。匪餘年之足惜，慜衆雛之無知。背蠻〔二〕夷之下國，侍君子之光儀。懼名實之不副，耻才能之無奇。羡西都之沃壤，識苦樂之異宜。懷代越之悠思，故每言而稱斯。若迺少昊司辰，蓐收整轡。嚴霜初降，涼風蕭瑟。長吟遠慕，哀鳴感類。音聲悽以激揚，容貌慘以顦顇。聞之者悲傷，見之者隕淚。放臣爲之屢歎，棄妻爲之歔欷。感平生之遊處，若壎篪之相須。何今日之兩絶，若胡越之異區！順籠檻以俯仰，闚户牖以踟躕。想崑山之高嶽，思鄧林之扶疏。顧六翮之殘毁，雖奮迅其焉如！心懷歸而弗果，徒怨毒於一隅。苟竭心於所事，敢背惠而忘初？託輕鄙之微命，委陋賤之薄軀。期守死以報德，甘盡辭以效愚。恃隆恩於既往，庶彌久而不渝。

顔延之白鸚鵡賦：余具職崇賢，預觀神祕，有白鸚鵡焉，被素履玄，性温言達，九譯絶區，作玩天府，同事多士，賢奇思賦。其辭曰：稟儀素域，繼體寒門。貌履玄而被潔，性既養而示〔三〕温。雖言禽之末品，妙六氣而剋生。往祕奇於鬼服，來充美於華京。恨儀鳳之無辨，惜晨鷺之徒喧。思受命於黄髮，獨含辭而採言。起交河之榮薄，出天山之無垠。既達美於天居，亦儷景於雲阿。

〔二〕蠻，原訛「變」。
〔三〕示，初學記引作「亦」。

漸惠和之方渥，綴風土而未訛。服璅翮於短衿，仰捎雲之層柯。覬天網之一布，漏微翰於山阿。

謝莊赤鸚鵡賦：徒觀其柔儀所踐，頹藻所挻〔一〕，華景夕映，容光晦鮮。惠性生昭，和機自曉〔二〕。審國音於寰中，達方聲於裔表。及其雲移霞峙，霰委雪翻，陸離翬漸，容裔鴻軒。躍林飛岫，焕若輕電，溢烟門〔三〕，集塲圃，曄若天桃被玉園。至於氣淳渚净，霧下崖沉，月圖光於緑水，雲寫影於青林，遡還風而聳翮，霑清露而調音。

王維白鸚鵡賦：若夫名依西域，族本南海，同朱喙之清音，變緑衣於一作「而」。素彩。惟茲鳥一作「禽」。之可貴，諒其美之斯在。夫其入翫於人，見珍奇貨，狎蘭房之妖女，去桂林之雲日，易喬枝以一作「於」。羅袖，代危巢以一作「於」。瓊室。慕侶方遠，依人永畢，託言語而雖通，顧形影而非匹。經過珠網，出入金鋪，單鳴無應，隻影長孤。偶白鷴於池側，對皓鶴於庭隅。愁混色而難辨，願知名而自呼。明心有識，懷思無極。芳樹絶想，雕梁撫翼。時嗛花而不言，每投人以方息。慧性孤禀，雅容非飾。含火德之明輝，被金方之正色。至如海燕呈瑞，有玉筐之可依；山鷄學舞，向寶鏡而知歸。皆羽毛之偉麗，奉日月之光輝。豈憐茲鳥，地遠形微，色凌紈質，綵奪繒衣。深

〔一〕挻，原訛「挺」。

〔二〕一本作「惠性昭和，天機自曉」。

〔三〕「焕若輕電」、「溢烟門」二句原倒，據藝文類聚卷九一等乙正。

籠久閉，喬木長違。儻見借其羽翼，與遷鶯而共飛。

歐陽修紅鸚鵡賦并序：聖俞作紅鸚鵡賦，以謂禽鳥之性，宜適於山林；今茲鸚徒事言語文章以招累，見囚樊中，曾烏鳶、鷄雛之不若也。謝公學士復多鸚之才，故能去昆夷之賤，有金閨玉堂之安，飲泉啄寶，自足爲樂，作賦以反之。夫適物理，窮天真，則聖俞之説勝；負才賢一作「賢才」。以取貴於世，而能自將，所適皆安，不知籠檻之於山林，則謝公之説勝。某始得二賦，讀之釋然，知世之賢愚出處各有理也。然猶疑夫兹禽之腹一作「賦」。中或有未盡者，因拾二賦之餘棄也，以代鸚畢其説。　后皇之載兮殊方異類，肖翹蠢息兮厥生咸遂。鎔埏賦予兮有物司之，泊然後化兮默運其機。陶形播氣兮小大取足，紛不可狀兮千名萬族。異物珍怪兮託産遐陬，來海裔兮貴中州。邈丹山於荒極，越鳳皇之所宅。稟南山之正氣，孕赤精於火德。蓋以氣而召類兮，故感生而同域。播爲我形，特殊其質。不緑以文，而丹其色。物既賤多而貴少兮，世亦安常而駭異。豈負美以有求兮，適遭時之我貴。客方黜我以文采，弔我於樊籠，謂夫飛鳴而飲啄，不若鷄鶩與烏鳶。噫！不知物有貴賤，殊乎所得。工一作「天」。初造我，甚難而嗇，千毛億羽，曾無其一。忽然成形，可異而珍，慧言美質，俾貴於人。籠軒寶翫，翔集安馴。彼衆禽之擾擾兮，蓋迹殊而趣乖。既心昏而質陋兮，乃自穢而安卑。樂以鐘鼓，宜其眩悲。蓋貴我之異稟，何概我於群飛？若夫生以才夭，養以性違，客之所悼，我亦悼之。我視乎世，猶有甚兮。郊犧牢豕，龜文象齒，蚌蛤之胎，犛牛之尾，既殘厥形，又奪其生。是猶天爲，非以自營。人又不然，謂爲最靈，淳和質静，本湛而寧。不守爾初，自爲巧智，鑿竅泄和，漓淳雜僞。衣羔染夏，强華其體。鞭朴走趨，自相械繫。天不汝文而自文之，天不汝勞而自勞之。役聰與明，反爲物使。用精既多，速老招累。侵生盭性，豈毛之辠？又聞古初，人禽雜處，機萌乃心，物則遁去。深兮則網，高兮則弋。爲之職誰，而反予是責！

詩

杜甫鸚鵡：鸚鵡含愁思，聰明憶别離。翠衿渾短盡，紅觜謾多知。未有開籠日，空殘宿舊枝。世人憐復損，何用羽毛奇。

白居易紅鸚鵡：安南遠進紅鸚鵡，色似桃花語似人。文章辯慧皆如此，籠檻何年出得身。

元稹樂府有鳥：有鳥有鳥名鸚鵡，養在雕籠解人語。主人曾問私所聞，因説妖姬暗欺主。主人方惑翻見疑，趁歸隴底雙翅垂。山鴉野雀怪鸚語，競噪争窺無已時。君不見隋朝隴頭姥，嬌養雙鸚囑新婦，一鸚曾説婦無儀，悍婦殺鸚欺主母；一鸚閉口不復言，母問不言何太久？鸚言悍婦殺鸚由，母爲逐之鄉里醜。當時主母信爾言，顧爾微禽命何有？今之主人翻爾疑，何事籠中漫開口。

陸龜蒙開元雜題雪衣女：嫩紅鉤曲雪花攢，月殿棲時片影殘。自説夜來春夢惡，學持金偈玉欄干。

皮日休哀隴民：隴山千萬仞，鸚鵡巢其巔。窮危又極嶮，其山猶不全。蚩蚩隴之民，懸度如登天。空中覘其巢，墮者〔一〕争紛然。百禽不得一，十人九死焉。隴川有戍卒，戍卒亦不閑。將命提雕籠，直到金臺前。彼毛不自珍，彼舌不自言。胡爲輕人命，奉此玩好端。吾聞古聖王，珍禽皆捨旃。今此隴民屬，無歲啼漣漣。

羅隱鸚鵡：莫恨雕籠翠羽殘，江南地暖隴西寒。勸君不用分明語，語得分明出轉難。

閻朝隱鸚鵡猫兒篇序曰：鸚鵡，慧鳥也；猫，不仁獸也。飛翔其背焉〔二〕，攀之緣之，蹈之履之，弄之藉之，蹌蹌然此爲自得，彼亦以爲自得。畏者無所起其畏，忍者無所行其忍，抑血屬舊故之不若。臣叨踐太子舍人，朝暮侍從，預見其事。聖上方以禮樂文章爲功業，朝埜歡娱，强梁充斥之輩，願爲臣妾，稽顙闕下者日萬計。尋而天下一統，實以爲惠可以伏不惠，仁可以伏不仁，亦太平非常之明證。事恐久遠，風雅所缺，再拜稽首，爲之篇。霹靂引，豐隆鳴，猛獸噫氣蛇吼

〔一〕墮者，原訛「陸有」。
〔二〕此處脱「啮啄其頤焉」句。

聲。鸚鵡鳥，同資造化兮殊粹精。鸕鷀毛，翡翠翼，鵷雛延頸，鶡鷄弄色。鸚鵡鳥，同禀陰陽兮異埏埴。彼何爲兮隱隱振振，此何爲兮綠衣翠衿。彼何爲兮窘窘蠢蠢，此何爲兮好貌好音。彷彷兮徉徉，似妖姬躚步兮動羅裳；趨趨兮蹌蹌，若處子迴眸兮登玉堂。爰有獸也，安其忍，觜其脅，距其胸，與之放曠浪浪兮從從容容。鉤爪鋸牙也，宵行晝伏無以當，遇之兮忘味。搏擊騰擲也，朝飛暮噪無以拒，逢之兮屏氣。由是言之，貪殘薄則智慧作，貪殘臨之兮不復躩。由是言之，智慧周則貪殘囚，智慧犯之兮不復憂。菲形陋質雖賤微，皇王顧遇長光輝。離宮別館臨朝市，妙舞繁弦雜宮徵。嘉喜堂前景福內，合一作「和」。歡殿上明光裏。雲母屏風文彩合，流蘇斗帳香煙起。承恩宴兮〔一〕接宴喜，高視七頭金駱駝，平懷五尺銅獅子。國有君兮國有臣，君爲主兮臣爲賓，朝有賢兮朝有德，賢爲君兮德爲飾，千年萬歲兮心轉憶。

朱慶餘宫詞：寂寂花時閉院門，美人相並立瓊軒。含情欲説宫中事，鸚鵡前頭不敢言。

羅鄴宫中一首：芳艸長含玉輦塵，君王遊幸此中頻。今朝別有承恩處，鸚鵡飛來説似人。

歐陽修答聖俞白鸚鵡雜言：憶昨滁山之人贈我玉兔子，粵明年春玉兔一有「子」字。死。日陽晝出月夜明，世言兔子望月生。謂此瑩然而白者，譬夫水之爲雪而爲冰，皆得一陰凝結之純精。

〔一〕兮，原訛「盻」。

常恨處非大荒窮北極寒之曠野，養違其性夭厥齡。豈知火維地荒絶，漲海連天沸天一作「火」，一作「炎」。熱。黃冠黑距人語言，有烏玉衣尤皎潔。乃知物生天地中，萬殊難以一理通。海中洲一作「州」。島窮人迹，來市廣州纔八國。其間注輦來最稀，一作「遠」。此鳥何年隨海舶？誰能徧歷海上峰，萬怪千奇安可極？兔生明月月在天，玉兔不能久人間。況爾來從炎瘴地，豈識中州霜雪寒？渴雖有飲饑有啄，羈紲終知非爾樂。天高海闊路一作「終」。茫茫，嗟爾身微羽毛弱。爾能識路知所歸，吾欲開籠縱爾飛。俾爾歸託宛陵詩，此老詩名聞四夷。

來鵠鸚鵡：色白還應及雪衣，觜紅毛緑語仍奇。年年鎖在金籠裏，何似隴山閒處飛。

蘇郁鸚鵡詞：莫把金籠閉鸚鵡，箇箇分明解人語。忽然更向君前言，三十六宮愁幾許。

于蘭鸚鵡：翠毛丹觜乍教時，終日無憀似憶歸。近來偷解人言語，亂向金籠說是非。

花蕊夫人宮詞：禁裏春濃蝶自飛，御蠶眠處弄新絲。碧窗盡日教鸚鵡，念得君王數首詩。

王建宮詞〔二〕：鸚鵡誰教轉舌關，內人手裏養來奸。語多近更承恩澤，數對君王憶隴山。

胡奎太真教鸚鵡念心經：春寒卯酒睡初醒，笑倚東風小玉屏。不悟眼前空是色，錯教鸚鵡念心經。

〔二〕 出處原脫。

李夢陽鸚鵡：鸚鵡吾鄉物，何時來此方。緑衣輕雪短，紅觜歷年長。學語疑矜媚，垂頭知自傷。他年吾倘遂，歸爾隴山陽。

王世貞鸚鵡：翠領丹黔蒨復殷，空庭脉脉自成閒。高懷春艸洲邊賦，歸思秋風隴外山。金鎖欲飛愁掣搦，碧紗無伴訴閒關。君恩約略知多少，還似長門閉玉顔。

袁尊尼詠赤鸚鵡：昔傳謝賦誇文采，今見珍禽覽德輝。帶日遥從炎海度，浴波新向火洲晞。啄殘紅粟含香語，蹴破桃花弄影飛。自是來儀同率舞，豈緣馴養不知歸。

皇甫汸司勳集二鸚鵡詩并序：長兄得白鸚鵡一枚，鴞身鴿尾，有冠如纓而色黄，志曰鸚鵡也。客自南海歸者，持紅鸚鵡一枚，體差小而翅緣翠羽，並奇産焉。昔宋顔延之賦白，謝莊賦赤，恨未能兼也。余欲操筆侈辭，方抱禰生之誡，然終不能嘿嘿也。爲占二絶，付司鳥者歌之云爾。慧性能言冰雪姿，玉階曾亦侍光儀。年來翠袖争承寵，詎是霓裳進舞時。身向炎方萬里歸，衆賓誰不訝朱衣。漢廷白首爲郎者，猶未銜恩得借緋。

徐渭文長集五色鸚鵡黄鸚鵡〔一〕並是聖母所馴各賦一首：白燕往時呈翰苑，錦鸚今日貢宸居。萬年枝上栖偏麗，百鳥圖中態未如。豢養固知天意在，語言長得聖顔舒。何因五色鮮成染，

〔一〕此三字原脱，據徐渭集卷七補。

自是媧皇煉石餘。一合殿風和碧柳絲，嘉禽色占錦紋奇。兼呈五德靈鷄綬，倒挂孤桐小鳳儀。無數天機臨譜繡，有時人語出花枝。侍兒不用拋紅豆，自有佳音慰聖慈。二西隴靈禽翡翠粧，稀聞正色染黄裳。自談玉殿非關學，卻照金籠別有光。飲啄定應歌帝力，生成何幸稟中央。千秋萬歲歡無極，土德坤輿本肇祥。三鸚鵡由來只翠衿，中央正色見於今。將懸半映初生柳，欲繡全宜細縷金。教言一一聞清禁，銜果時時摘上林。不是黄荃能盡取，誰知殿角有祥禽。四

沈明臣豐對樓集萬曆五年春日有獻五色鸚鵡者詔入之恭賦二首：日南遥憶隴天長，丹喙能言五色裳。玉殿雕籠新詔入，西宫愁殺雪衣娘。日御文華説五經，鳥言雖巧未曾聽。長廊上苑東風裏，寂寂無聲對畫屏。

非磊落氏贊曰：

鸚鵡鸚父，多言禍賈。既識法音，梵僧爲伍。一聲一念，一念一數。念念所歸，心心所主。有念是緣，無念是祖。相彼慧禽，聿超西土。

蟲天志卷之六終

蟲天志卷之七

吴淞非磊落氏沈弘正譔

鸜鵒能言

原始

崔豹古今注曰：鸜鵒，一名鴝鳩。

格物總論曰：鸜鵒，似鵙而有幘，色純黑，金眼，穴居。一名寒皐。斷舌可使言語。鸜字亦作鴝。

負暄雜録曰：八哥，南唐李主諱煜，改鸜鵒爲八哥。

禽經曰：鸜鵒剔舌而語。註曰：山海經謂之鸜鵒，今人育其雛，以竹刀剔舌本，教之言語。

謝尚能作鸜鵒舞之。

異苑曰：五月五日，剪鴝鵒舌，教令學人語，聲尤清越，雖鸚鵡不能過也。

酉陽雜俎曰：鴝鵒，舊言可使取火，效人言，勝鸚鵡。取其目睛，和人乳研，滴眼中，能見煙霄外物也。

又曰：鸜鵒交時，以足相勾，促鳴鼓翼如鬬狀，往往墜地。俗取其勾足爲媚藥。

物類相感志曰：鸜鵒五月五日得此鳥以養，撤去舌端，則能學人言語。或教之語名花鴿。

田藝蘅留青日札曰：鴝鵒食豖肉而瘋。

周履靖海外三珠曰：凡畜百舌、八哥，切不可以螺蛳肉飼之，若啖之即死。亦不可以羊肉飼之，蓋發風之物。

叙事

幽明録曰：晋司空桓豁在荆，有參軍剪五月五日鸜鵒舌，教令學語，遂無所不名〔二〕。顧參軍彈琵琶，每立聽移時〔三〕。善效人語聲。司空大會吏佐，令悉效四坐語，無不絶似。有生齆鼻，語

〔二〕此處脱「與人相問」句。
〔三〕下或有「聲類琵琶」句，可從而補之。

難學，學之不似，因向頭甕中以效焉，遂與驢者語聲不異。主典人於鸜鵒前盜物，參軍如厠，鸜鵒伺無人密白：「主典人盜某物。」參軍銜之而未發。後盜牛肉，鸜鵒復白。參軍曰：「汝云〔一〕盜肉，應有驗。」鸜鵒曰：「以新荷裹著屏風後。」檢之，果獲，痛加法。後盜者患鸜鵒白盜肉，以熱湯灌殺之。參軍爲之悲傷累日，遂請殺此人以報其怨。司空教曰：「原殺鸜鵒之痛，誠合論殺；不可以禽鳥故，極之於法令，止五歲刑也。」

華夷考曰：宋天台黃巖正等寺觀師，畜一鸜鵒，常隨人念阿彌陀佛。一日立死籠中，乃穴土而葬之。舌端生紫蓮花。大智律師爲之頌曰：「立亡籠閉渾閒事，化紫蓮花也大奇。」

潘之恒亘史曰：巗鎮佘小史，號南塘，家傍羊兒田，常讀書東嶽廟側。養八哥，甚有靈性，語了了可愛。每客過館，令回家取茶并治具，無一言遺誤。忽一日遣之歸，八哥不行，云：「吾夜夢不祥。」問何夢，云：「夜夢虎，虎能傷人，故畏之。」小史笑曰：「無懼，吾爲汝禳矣。」飛至中衢，鷂子從空攫之去，大呼曰：「救人！救人！吾小史官人家的，速報官人救我！」佘生聞而大慟，挾弩伺之，遇鷂子，一發而中，剖視之，羽猶在腹，因祭之。夫夢虎遭鷂，從人言也：人以虎名虎，鳥以鷂名虎。金光明經亦稱「夢鷹而遭虎」，可證。莊子云：「吾夢爲鳥而戾於天。」人夢鳥，鳥

〔一〕云，原脱。

獨不夢爲人耶?嘻!烏能言而言及夢,又可異矣!故紀之。

歐陽永叔自云嘗夢爲鸜鴒,飛在樹上,意甚快活,聞榆莢香特異。

賦

權德輿傷馴鳥賦曰:紛羽族之多端兮,同翱飛而類殊。有鶯谷之微禽,亦播質於洪鑪。因稺子之嬉遊,得中園之墜雛。恣飲啄以馴擾,來目前與坐隅〔一〕。爾乃棲以籠檻,鎩其羽翼,冀留軒一作「留軒所」。以爲娱,俾遐翥之無力。乍〔二〕踉蹌而將舉,顧褵褷而復息。雖主人之見容,終使喪天和於自得。或親賓至止〔三〕,徽軫徐觸。每聞弦而鼓翼,亦追一作「區」。節而翹足。貌一作「吭」。宛轉以成態,聲間關而助曲。乍寂寥〔四〕以閒暇,若凝情於相矚。理輕毳以自潔,類山元〔五〕之珮玉。每翔集以安卑,同君子之自牧。思謝尚之起舞,邁風流之逸躅。苟魯昭之不君,固乾侯之出

〔一〕隅,原訛「偶」。
〔二〕乍,原訛「作」。
〔三〕止,原訛「此」。
〔四〕寥,原訛「寞」。
〔五〕元,原訛「立」。

辱。方渡濟以申儆〔一〕，伊涼德之自覆。儆故老之相傳，驗囊記之或存。在端五之司晨，剪其舌而能言。巧喉轉一作「囀」。以達情，順人心而不諼。方竭日以呈材，願朱明之駿奔。忽愀慘以顣頞，響哀音於簾箔。竟啁啾而不去，若徊翔之有託。怳〔二〕心訝而未辨，欻狸狌之攫搏。俄斃踣而不勝，紛血灑以毛落。彼葛盧與冶長，通鳥獸之音聲。闕君子之周防，無古人之至精。既不能縱爾於遼廓，又不能遂爾之生成。使異類之得志，曾未極其飛鳴。則本夫養之之惠，適所以害其生。又憶夫清江之使者，東海之波臣。苟其時之不來，則刳腸而涸鱗。鶋〔三〕鐘鼓而反悲，馬皂棧而多死。雖爲遇之已甚，固又夭其天理。嘗聞乎賢聖之理物也，愚智殊方，薰蕕異藏。善用無棄兮，互見其長。各有攸處兮，兩不相傷。官天地而府萬物，繇此道而爲常。吾既悟斯理之不早，因失之而後防。收視聽以冥觀兮，遂群性之茫茫。

詩

韓愈南城聯句：貨至貊戎市，呼傳鸚鴿令。

〔一〕儆，原訛「敬」。
〔二〕怳，原訛「悦」。
〔三〕鶋，原訛「鷜」。

王珪宫詞：小院珠簾着地垂，院中排比不相知。羡他鸚鵡能言語，窗裏偷教鸜鵒兒。

王世貞弇州稿八哥詩：屈戌春寒楊柳煙，雕籠愁閉自年年。曾教府掾吴兒舞，好聽參軍蜀國弦。欲語畏人還刺促，多才翻更恨芊綿。煙霄極目空惆悵，笑殺韓生感遇篇。

非磊落氏贊曰：

師巳有言，鸜之鵒之。逢濟迴翮，遇鵲争枝。語清鸚鵡，剔舌乃奇。參軍弦下，一立多時。風流仁祖，渺矣莫追。煙陂牛背，是八哥兒。

秦吉了能言

原始

唐會要曰：林邑國有結遼鳥，謂之吉了鳥，能人語。

舊唐樂志曰：嶺南有鳥，似鸜鵒而稍大，乍視之不相分辨，籠養久則能言，無不通，南人謂之吉了，亦云料。開元初，廣州獻之，言音雄重如丈夫，委曲識人情，惠于鸚鵡遠矣。

嶺表録異曰：秦吉了，容、管、廉〔一〕、白州産此鳥，大約似鸚鵡，觜脚皆紅，兩眼後夾腦，有黄肉冠。善效人言，語音雄大分明於鸚鵡。以熟鷄子和飯如棗飼之。或云容州有純赤、純白色者，俱未之見也。

桂海虞衡志曰：秦吉了，如鸜鵒，紺黑色，丹喙黄距，目下連項〔二〕有深黄文，頂毛有縫〔三〕如人分髮。能人言，比鸚鵡尤慧。大抵鸚鵡聲〔四〕如兒女，吉了聲則如丈夫。出邕州溪洞中，唐書：「林邑出結遼鳥。」林邑，今占城，去邕、欽州但隔交趾，疑即吉了也。

北户録曰：普寧有廉州民獲赤白吉了各一頭，獻於刺史者。其赤者尋卒，白者久而能言，凡笑語悉皆效人。斯珍禽也。

叙事

萬花谷曰：瀘南有畜秦吉了者，亦能人言。有夷首欲以錢五十萬買之，其人告以：「貧將賣

〔一〕廉，原訛「簾」。
〔二〕項，原訛「頂」。
〔三〕縫，原訛「縱」。
〔四〕聲，原脱。

爾。」秦吉了曰：「我漢禽，不願入夷中。」遂不食而死。

書

趙德麟侯鯖録曰：東坡云劉十五孟父論李十八公擇艸書，謂之「鸜哥嬌」，意謂鸜鵒能言，不過數句，大率雜以鳥語。十八其後進，以書問僕：「近日書如何？」僕答之：「可作秦吉了矣。」然僕此書自有「公在乾侯」之態也。

詩

白居易秦吉了：秦吉了，出南中，彩毛青黑花頸紅。耳聰心慧舌端巧，鳥語人言無不通。昨日長爪鳶，今朝大觜烏；鳶捎乳燕一巢覆，烏啄母鷄雙眼枯。鷄號墮地燕驚去，然後拾〔二〕卵攫其雛。豈無雕與鶚，嗉中食飽不肯搏；亦有鸞鶴群，閒立颺高如不聞。秦吉了，人言爾是能言鳥，豈不見鷄燕之冤苦？吾聞鳳凰百鳥王，爾竟不爲鳳凰之前致一言，安用噪噪閒言語！

〔二〕拾，原訛「食」。

湯顯祖海上雜詠：菁絶瓊西路，能言是了哥。不教呼萬歲，只爲隴禽多。

非磊落氏贊曰：

鸚鵡婦女，吉了丈夫。漢禽漢語，肯向夷奴？不食而死，壯哉鳥乎！黄腦紅觜，慧心聰耳。吴興小兒，語態相似。洛誦之孫，副墨之子。

時樂鳥能言

叙事

張説時樂鳥篇序曰：伏見天恩，以靈異鸚鵡，及能〔一〕延京所述篇出示朝列。臣按：南海異物志有時樂鳥，鳴云：「太平天下，有道則見。」驗其圖，丹首紅臆，朱冠緑翼，鶯領文背，糅以五色。今此鳥本南海貢來，與鸚鵡狀同而毛尾全異。其心聰性辨，護主報恩，固非凡

〔一〕能，原訛「熊」。

禽，實瑞經所謂時樂鳥。延京雖叙其事，未正其名，望編國史，以彰聖瑞。臣竊同延京獻詩一首。

酉陽雜俎曰：玄宗時，有五色鸚鵡能言，上令左右試牽帝衣，鳥輒瞋目叱吒。岐府文學熊延京獻鸚鵡篇以贊其事。張燕公有表賀，稱爲「時樂鳥」。

詩

張説時樂鳥詩：舊傳南海出靈禽，時樂名聞不可尋。形貌乍同鸚鵡類，精神別禀鳳凰心。千年待聖方輕舉，萬里呈才無伴侶。紅茸糅繡好毛衣，清泠謳鴉好言語。內人試取御衣牽，啄手瞋〔二〕聲不許前。心願陽烏恒保日，志嫌陰鶴欲凌天。天情玩訝良無已，察圖果見祥經裏。本持符瑞驗明主，還用文章比君子。自憐弱羽詎堪珍，喜共華篇來示人。一見嚶嚶報恩鳥，多慚碌碌具官臣。

非磊落氏贊曰：

〔二〕 瞋，原訛「瞑」。

時樂時樂，其領瓔珞。毛乖鸚鴞，語則相若。丞相按圖，文學獻作。段生云何，詆爲穿鑿？曾諷鬬羊，賀鳥非怍。想望太平，此禽不惡。

朱來鳥能言

叙事

杜陽雜編曰：代宗朝，異國所獻奇禽馴獸，自上即位多放棄之。建中二年，南方貢朱來鳥，形有類於戴勝，而紅觜紺尾，尾長於身。巧解人語，善別人意，其音清響，聞于庭外數百步。宫中多所憐愛，常爲玉屑和香稻以啗之，則其聲益加寥亮。夜則棲於金籠，晝則飛翔于庭廡，而俊鷹大鶻不敢近。一日，爲巨鵰所搏而斃，宫中無不歔欷。或遇其籠自開，内人有善書者，於金華紙上爲朱來鳥寫多心經。及朱泚犯禁闈，朱來鳥之兆明矣。

非磊落氏贊曰：

南方朱鳥，超群拔類。巧解人語，善別人意。紺尾赤咮，音清狀媚。玉屑金籠，袪鷹避鷙。何來巨鵬，碎首裂背。微命如絲，又緣泚□〔一〕。

鷄能言

原始

玄中記曰：東南桃都山上有大樹，曰桃都，枝相去三千里，上有天鷄。日初出，照此木，天鷄即鳴，天下鷄皆隨之。

神異經曰：大荒之東極，至鬼府山臂、沃椒山腳，巨洋海中，昇載海日。蓋扶桑山有玉鷄，玉鷄鳴則金鷄鳴，金鷄鳴則石鷄鳴，石鷄鳴則天下之鷄鳴，悉鳴則潮水應之矣。

西京雜記曰：成帝時，交趾越嶲獻長鳴鷄，伺鷄晨，即下漏驗之，晷刻無差。鷄長鳴則一食頃不絕。長距善鬭。

列仙傳曰：祝鷄翁者，洛人也，居尸鄉北山下，養鷄百餘年。鷄有千餘頭，皆立名字，暮棲樹

〔一〕原字不可辨，从闕。

上，晝放散之。欲引，呼名即依呼而至。賣鷄及子，得千餘萬，輒置錢去。之吴，作養魚池。後升吴山，白鶴、孔雀數百常止其傍云。

釋贊寧曰：司晨鷄，漢武帝鳴禽苑養之。其鷄隨鼓音節而鳴，從夜至曉，一更一聲，五更五聲，亦曰五時鷄也。

輟耕録曰：嘗至松江鍾山浄行菴，見籠一雄鷄置於殿之東檐。請問其故，寺僧云：「蓄此以司晨，蓋十有餘年矣，時刻不爽。」余竊記張公文潛明道雜志云：「鷄能司晨，見於經傳，以爲至論而未必然也。或天寒鷄嬾，至將旦而未鳴；或夜月出時，鄰鷄悉鳴。大抵有情之物，自不能有常而或變也。」若然，則張公之言非歟？因舉似以詢其所以。僧云：「司晨之鷄必以童，若壞其天真，豈能有常哉？」蓋張公特未知此理故耳。

叙事

幽冥録曰：晋兖州刺史沛國宋處宗，嘗買一長鳴鷄，愛養甚至，棲[一]籠置窗間。鷄遂作人語，與宗論極有玄致，終日不輟。處宗因此功業大進。

[一] 棲，今本作「恒」。

拾遺記曰：含〔一〕塗國，去王都七萬里，人善服鳥獸，鷄犬皆使能言。

白澤圖曰：老鷄能呼人姓名，殺之則止。

袁達德禽蟲述曰：宋高宗時，鷄言於陳州。

夷堅志曰：紹興初，河南之地陷，虜以封劉豫，州郡猶爲朝廷固守。會稽馮長寧知陳州，豫攻之不能下，遣招山東劇賊王瓜角，起宿亳〔二〕之民，併力進攻。踰年，城中糧盡而降，瓜角建三幟於通逵，下令二州之民：欲從軍者立赤幟，欲爲官立黄幟，欲還鄉者立黑幟。民畏死，盡趨赤幟下。獨亳人王、魏兩翁，自顧年老，不能官，從軍必死，而立黑幟則拂其意，均之一死，乃相與詣黑幟下。衆皆愕然。瓜角重失信，謝遣之，於是得歸。王翁入陳城，取瘞埋物，不復來，聲迹亦絶。魏以十年後營産日盛〔三〕，遂成爲大家。素畜一鷄，皆充腯。一日，邑尉出别村，過其里，捕雌者烹食之。他日，尉還，又欲殺其雄。雄已覺，竄伏黍地，擲之以竿，始就獲。魏嘻笑曰：「爾善走如此，胡不冲天！」鷄忽作人言，仰首太息曰：「噫！何毒害至此，略無故舊情邪？」魏駭曰：「爾爲誰？」曰：「我王翁也，豈不記宛丘從軍時事乎？」魏曰：「爾前捨我去，竟何之？且死於何

〔一〕含，原訛「合」。

〔二〕亳，原訛「毫」。後同。

〔三〕盛，原脱。

所？」曰：「向者結伴時，實利君之財貨，别貯蓄以待事平後來，入城索得之，負以兩布囊，是夜宿道次野店，燈下開囊，筭計數目，不料爲主人所窺。明日見留，飲我以酒，既醉，遭殺焉。掩有裝金，孤魂無依，念鄉里親戚不一存，獨君在耳，故決意相從。及到君家，殊不相領攝，更成大悶。適鄰人賈四孃子亦來，值君家鷄乳，共投胎爲鷄。前日所戕一雌，則賈家孃子也。兹復害我，一何忍心如是！」尉悉聆其説，深悔昨非，立釋之。歸白於郡守，守命呼魏翁，與鷄俱至，民從以入，庭户駢肩如織。鷄對守不怖，誦言如初。已而曰：「我禽畜，輒泄陰事，當死。」引頸插在翅下，即僵縮而斃。守嗟異移時，使葬之於老子廟後，揭之曰「人鷄之墓」。

祝允明志怪録曰：蘇城湯家巷，有人畜一鷄久矣。偶欲烹之，忽人言曰：「勿得殺我！」其人雖怪訝，然竟食之，亦無恙。

上海縣志曰：世廟壬子，高橋鎮民家鷄作人言。鷄云：「燒香望和尚，一事兩勾當。」

詩

劉原父養鷄詩：耆舊漂流漢汝南，長鳴獨與古無慚。蕭蕭風雨思君子，欲倚空窗聽爾談。

非磊落氏贊曰：

鸜鵒禪機，鷄亦玄理。以指喻指，未知孰是。笑彼祝公，乃逐糠粃。留心塒桀，不離塵滓。何如處宗，因之悟旨。人禽倏忽，别有妙理。

龜能言

原始

逸禮曰：龜者，陰蟲之老。三千歲遊於卷耳之上，老者先知，故君子居事必考焉。

龜筴傳曰：龜千歲游於蓮葉之上。

抱朴子曰：龜千年，具五色，頟兩骨起如角，解人言。

孔子曰：玄龜食蟒。千歲龜黿，能與人語。

龜經曰：欲知龜有神，視骨白如銀。

玄中記曰：千歲之龜，能與人語。

敘事

洞冥記曰：元封三年[一]，數過國獻能言龜一頭，長一尺二寸。盛以青玉匣，廣一尺九寸，匣上豁一孔以通氣。東方朔曰：「唯承桂露以飲之，置於通風之臺。」上欲往卜，命朔而問焉，言無不中。

述異記曰：東陽郡永康縣吴時有人入山，逢大龜，擔之，未至家，遇夜纜[二]舟於岸。見老桑呼龜曰：「元緒，汝當死矣！」龜呼桑樹曰：「子明，無苦也！雖然，盡南山之樵，不能潰我。」對曰：「諸葛恪明敏，禍必及於予。」明日，其人將龜獻吴主。命煮之，三日三夜不死。遂問諸葛恪，恪曰：「此龜有精，須得多載老桑爲薪，煮之立爛。」遂令以老桑斫之爲薪，既燃即爛。」

傳燈録曰：瀍真禪師菴側有一龜。問：「一切衆生皮裹骨，這衆生爲甚骨裹皮？」師拈艸履覆龜背。僧無語。

田藝蘅留青日札曰：說苑曰：「龜千歲能與人言。」此或解人言也。如今之吴下婦女教龜

[一] 三年，各本作「二年」。

[二] 纜，原作「攬」。

筭命者，小龜皆能曉人言語，令行即行，令止即止，不必千歲也。

祝允明志怪録曰：四明儒者章文仲，暑夜坐書寮庭中。庭有假山花木。忽聞呼曰：「章文仲！」文仲應之，四顧無人。又呼如初。連數十不止。諦聽之，似在樹下。章曰：「必怪物也。」執火燭之，乃一大龜，長近二尺。章令僕子致之曠遠之地。後亦不復來。

陳繼儒太平清話曰：白龜，予曾見之。徽賈汪生持來，大不能尺。楊詹履置之樓上，夜聞烏烏有聲。

非磊落氏贊曰：

有靈壽子，曰平福公。爲國家寶，與鬼神通。青泥字畫，實顯鴻蒙。況乎語言，豈其弗工？遇朔長露，逢恪道窮。有智莫避，生死轉蓬。

蟲天志卷之七終

蟲天志卷之八

吴淞非磊落氏沈弘正譔

鴈傳書

原始

爾雅曰：鳧鴈之醜，其足蹼。郭璞註曰：脚間幕蹼相連也。

法言曰：能往能來，朱鳥之謂與？

廣雅曰：駉鵝、倉駉，鴈也。

淮南子曰：夫鴈，從風而飛，以愛氣力；銜蘆而翔，以避弋繳。

玉堂間話曰：鴈宿於江湖之岸，沙渚之中，動計千百。大者居其中，令鴈奴圍而警察。南人有採捕者，俟其天色陰暗或無月時，於瓦罐中藏燭，持棒者數人屏氣潛行，將欲及之，則略舉燭便藏之。鴈奴驚叫，大者亦驚，頃之復定。又如前舉燭，鴈奴又驚。如是數四，大者怒，啄鴈奴。秉燭者徐徐逼之，更舉燭，則鴈奴懼啄，不復動矣。乃高舉其燭，持棒者齊入群中，亂擊之，所獲甚多。昔有淮南人張凝評事話之，此人親曾採捕。

叙事

漢書曰：昭帝即位數年，匈奴與漢和親。漢求武等，匈奴詭言武死。後漢使復至匈奴，常惠請其守者與俱，得夜見漢使，具自陳道。教使者謂單于，言天子射上林中，得鴈，足有係帛書，言武等在某澤中。使者大喜，如惠語以讓單于。單于視左右而驚，謝漢使曰：「武等實在。」

輟耕録曰：「零[二]落風高恣所如，歸期回首是春初。上林天子援弓繳，窮海纍臣有帛書。中統十五年九月一日放鴈，獲者勿殺。國信大使郝經書于真州忠勇軍營新館。」右五十九字，郝公書也。公字伯常，澤州陵川人，世皇召居潛邸。歲己未，扈從濟江，授江淮宣慰司副使。中統元

[二] 零，今本作「霜」。

年，拜翰林侍讀學士，充國信使，使〔一〕宋，館於真州，凡十有六年始得歸。此書當在至元十一年。是時南北隔絶，但知紀元爲中統也。先是，有以鴈獻，命畜之。鴈見公輒鼓翼引吭，似有所訴者。公感悟，擇日率從者具香案北向拜，舁鴈至前，手書尺帛，親繫鴈足而縱之。後虞人獲之苑中，以聞，上惻然曰：「四十騎留江南，曾無一人鴈北〔二〕乎？」遂進師南伐。越二年，宋亡。至今秘監帛書尚存。

又元史曰：元始祖即位，遣學士郝經使宋，告即位，且定和議。賈似道恐奸謀畢露，乃拘留郝經於真州忠勇軍，驛吏防守嚴於獄犴。介佐〔三〕或不能堪，經語之曰：「將命至此，死生進退聽其在彼，守節不屈盡〔四〕其在我。豈能不忠不義以辱中州士大夫乎！」每夕稽顙告天。忽一日，有一鴈落經帳下。經用帛書託鴈傳之，係於頸下，祝曰：「好向北蜚，獻吾天子。」詩云：「霜落風高縱所如，歸期回首是春初。上林天子援弓矢，窮海孤臣有帛書。」次年春，虞人獲鴈，以奏元主，遂使丞相伯顏領兵伐宋，宋懼，遣經還，求和，不允，遂貶賈似道，死綿州。

〔一〕使，原脱。
〔二〕北，各本作「比」。
〔三〕佐，原訛「作」。
〔四〕盡，原訛「聽」。

詩

虞世南秋鴈詩：日暮霜風急，羽翮轉難任。爲有傳書意，聯翩入上林。

非磊落氏贊曰：

其羽肅肅，哀鳴嗷嗷。自南自北，不憚劬勞。途修以〔一〕廣，風壯翼高。傳書上林，金玉爾音。纍臣以歸，誠哉異禽。勿因羅網，而有遐心。

燕傳書

原始

古今注曰：燕，一名天女。

〔一〕以，原作「佀（似）」，據文意改。

莊子曰：鳥莫知於鷾鴯。

廣韻曰：鳦，玄鳥也，燕也。齊魯謂之鳦，取其鳴自呼。

陶隱居曰：燕有二種：紫胸、輕小者，是越燕；胸班黑、聲大者，是胡燕。俗呼胡燕爲夏候，其作窠喜長，人言有容一疋絹者，令家富。窠户有北向及尾倔而色白者，是數百歲燕也。

物類相感志曰：舊云燕子不入人室作巢，是井之靈也。但取桐木刻爲男女形狀，各投井中，其燕即來。

南史曰：襄陽霸城王整之姊，嫁爲衛敬瑜妻，年十六而敬瑜亡，父母舅姑咸欲嫁之，誓而不許，乃截耳置盤[一]中爲誓，乃止。所住户有燕窠，常雙飛來去。後忽孤飛，女感其偏栖，乃以縷繫足爲記。後歲，此燕果復更來，猶帶前縷。女復爲詩曰：「昔年無偶去，今春猶獨歸。故人恩既重，不忍復雙飛。」

唐李公佐燕女墳記曰：宋末有女姚玉京，室有雙燕，一爲鷙鳥所獲，其一孤飛[二]，不離庭户。秋風起，獨啾啾翔集玉京之臂，如似告別。玉京以紅縷繫足。明年，紅縷如舊。凡六七歲。玉京

[一] 盤，原脱，據南史補。
[二] 飛，原脱。

遇疾終。明年燕來，窺室間，訝其無人，周回累夕。姚氏族泣語：「墳在南郭，可往。」燕遂悲鳴至墳所，亦死。

叙事

開元天寶遺事曰：長安民郭行先有女紹蘭，適巨商任宗，爲賈於湘中，數年音信不達。紹蘭見雙燕戲於梁間，長吁淚下，語燕欲憑附書於婿。燕子飛鳴上下，似有所諾，遂飛泊膝上。蘭乃吟詩云：「我婿去重湖，臨窗泣血書。殷勤憑燕翼，寄與薄情夫。」小書其字，繫於足上，燕遂飛鳴而去。任宗時在荆州，忽見一燕飛鳴泊於肩上，見有書繫足上，解而視之，乃妻所寄也。宗感而泣下，遂歸首，出詩示蘭。後張説傳其事。

詩

古詩云：袖中有短書，欲寄雙飛燕。

梅聖俞依許待制送行詩韻咏燕以寄：雙燕啣泥日，深堂拂玉琴。不教開閣户，乃見主人心。掠水飛殊捷，迎風去已禁。短書猶可寄，聊爾託微吟。

宋景文燕詩：翬檐文杏暖，蘭橑舊巢空。石冷休翻雨，簾開且待風。飾釵聊伴鳳，傳信肯饒鴻。欲問張公子，蒼琅掩漢宮。

非磊落氏贊曰：

燕以狂眄，度水穿花。天命天女，昔降商家。語喧簾幕，影亂窗紗。短書繫足，差池湘涯。義感任宗，丞相傳詩。社來社往，一縷風斜。

鴿傳書

原始

格物總論曰：鴿亦鳩類，數種，有白鴿、黑鴿，或白與黑二色相雜，亦間有紫色者，有青灰色者。皆兩兩相匹，不雜交。人家多畜之，翔集屋間。

越絶書曰：蜀有蒼鴿，狀如春花。

叙事

段成式酉陽雜俎曰：大理丞鄭復禮言，波斯舶上多養鴿，鴿能飛行數千里，輒放一隻至家，以爲平安信。

開元遺事曰：張九齡少年時家養群鴿，每與親知書信往來，只以書繫鴿足上，依所教之處飛往投之，九齡目之爲「飛奴」。時人無不愛訝。

古杭雜記曰：高宗紹興間，宫中養鴿，每日群飛于外。太學士人作詩以諷，其詩流於大内，高宗惻然，自是宫中不復畜鴿。

癸辛雜識曰：張魏公嘗按視曲端軍。端執撾以軍禮見，傍無一人。公知〔一〕之，謂欲點視。端以所部五軍籍進。公命點其一，則於庭開籠縱一鴿以往，而所點之軍隨至，張爲愕然。既而欲盡觀，於是悉縱五鴿，則五軍頃刻而集，戈甲焕燦，旗幟精明。魏公雖面獎而心實忌之。

輟耕録曰：顔清甫，曲阜人，顔子四十八代孫。嘗卧病，其幼子偶彈得一鵓鴿，歸以供膳。

〔一〕知，今本作「異」。

於梢翎間得書一緘，書上題云「家書付男郭〔一〕禹開拆」，禹乃曲阜縣尹郭仲賢也，蓋其父自真定寄至者。時仲賢改授遠平縣尹去，鴿未及知，盤桓尋覓，遂遇害。清甫見之，責其子，便取木匣函鴿，候病稍愈，直抵仲賢官所，獻書與鴿，且語其故。仲賢戚然曰：「畜此鴿已十七年矣。凡有家書，雖隔數千里，亦能傳致，誠異禽也。」命左右瘞之。以清甫長厚君子，留之累日，商及子弟出處，仲賢告言：「長子國祥，頗習儒業。」及仲賢知霍州，召補州史，貢山東廉訪奏差陞書吏，後官至漢中廉訪使。

鄭文寶南唐近事曰：陳誨嗜鴿，馴養千餘隻。誨自南劍牧拜建州觀察使。去郡前一月，群鴿先之富沙，舊所無孑遺矣。又嘗因早衙，有一鴿投誨之懷袖中，爲鷹鸇所擊故也。

清異録曰：豪少年尚畜鴿，號「半天嬌」。人以其蠱惑過於嬌女艷妖，呼爲「插羽佳人」。

陳繼儒偃曝談餘曰：胡人以鵓鴿貯葫蘆中，懸之柳上，彎弓射之，矢中葫蘆，鴿輒飛出，以飛之高下爲勝負。往往會于清明、端午日，名曰射柳。

宋詡竹嶼山房雜部〔二〕曰：鴿穀食，飼以硝水，能取食而復嘔之，積其餘可以再飼。易伏卵轂

〔一〕郭，原訛「部」。

〔二〕書名原訛「竹與山房雜記」。

雛。凡病，用古墻中螺螄朽殼并續隨子、銀杏擣爲丸，每飼十丸，愈。

疏

弇州史料弘治鳥獸供應光禄寺卿胡恭等奏：本寺供應瑣屑費出無經。乾明門貓十一隻，日支猪肉四斤七兩、肝一副。刺蝟五箇，日支猪十斤。羊二百四十六隻，日支菉豆二石四斗三升、黄豆三升二合。西華門狗五十三隻，御馬監狗二百十二隻，日共支猪肉并皮骨三十四斤。虎三隻，日支羊肉十八斤。狐狸三隻，日支羊肉六斤。虎豹一隻，支羊肉三斤。豹房土豹七隻，日支羊肉十四斤。西華門等處鴿子房，日支菉豆、粟穀等項料食十石。一日所用如此，若以一年計之，共用猪羊肉并皮骨三萬五千九百餘斤，肝三百六十副，菉豆、粟穀等項四千四百八十餘石。有旨御馬監二異狗并群狗七十隻，俱令退出反食。牲口房雜鶏八十六隻，鵝四十一隻，鴨九十六隻，花猪二十一口，俱送光禄寺供應。餘皆仍舊。

賦

皇甫汸司勳集義鴿賦：余客居陪京，嘗養鴿十餘。尋被流言，將圖歸計，乃命童子悉放之。一鴿夜去晨來，徘徊瞻顧，意若戀戀。因感而作賦焉。詞曰：何斯禽之靈哲兮，乃戀主而踟躕。若含意兮未展，猶弔影以相於。繞空梁以託宿兮，慨故棲之在除。方其馴擾晨軒，和鳴夕砌，飲啄閒暇，毛羽鮮麗。或命侶以將雛，奉清光以娱穉。顧以鳥而養鳥，胡觀仁而取義？逮其主人不樂，群鴿已辭，翼將翔而復止，聲暫背而仍依。豈無匹而守獨，舍寥廓而安卑。似楚姬之怨別，類田客之相隨。痛鷄鶩之騫舞兮，俾鸞鳳爲之摧頹。乏冥鴻之遐舉兮，悼鸚鵡之罹災。衆方嫉余之修能兮，烏何意而憐才？若夫雀處堂而孔懼兮，鵬止舍而賈悲。翳鴿非野鳥兮，奚昭慝而示危？又若海鷗不驚，庭爵斯集，愧未盡乎塵機，亦何徵於報德？若其張仲之廬乍偃，翟公之門尚開，朱生絶謁以謝往，敬通卻掃而杜來。世之喪道，人亦何心？昔時結駟，今日遺簪。請息交於良友，恐負誚於微禽。

皇明文範侯一元讀鴿賦賦有序：司勳皇甫大夫舍中馴鴿十餘，既被言欲行，則放鴿于埜。鴿有去而復還者，大夫感之，作鴿賦，讀之悽愴決絶。余以大夫往忤中貴，承譴江湘，既狎於憂患，且君子焉往而不三黜，將廣大夫之意，故復賦焉。何浮雲之黯黮兮，哲人罹其眚災。欽乘[一]沐而往唁兮，遵庭除而徘徊。睹遺鴿於坐隅兮，羌欲飛而未忍。流惠音以盈庭兮，情鬱結而紆軫。感夫君之昌辭兮，怊臨軒而太息。張羅闃其在門兮，夫何斯禽之獨見暱。亡稻粱以與女兮，故棲溘焉不存。鵬鳥告余以將去兮，雄雉鳴而翩翻。罥深林以出雉兮，弋高天而下鳶。覽機罩之恢

[一] 乘，原訛「承」。

恢兮，孰羽族之能安。禽將犧而斷尾兮，獸將縶而決蹯。乏彼鶴之惠姿兮，孰云屈乎華軒。奠東門之食飲兮，發賈生之休問。羌聆音而鼓翼兮，俛抽思而若愠。何主人之夙知兮，猶感激乎茲辭。歷險巇而密若兮，顧微禽而怛之。扼怒虎之咆烋兮，曾不忍乎虻之咂膚。登太行而不慄兮，迺彷徨乎陂陁。昔攙槍之干紀兮，茀揚光于帝側。執法眙而相睨兮，勾陳弗求其賊。君乃挺夫剞蟆之銛刃兮，巖植立于中流。終被椒蘭之唼佞兮，亦浮湘而遠投。猰貐之牙森其相向兮，世共嗟其濩落。阽危亡而不反顧兮，豈復[二]恡夫好爵。悲荆棘之既芟兮，芳蕪蔓而不揚。鴛既違夫鴟鴞兮，百鳥喧啾而踉蹡。彼螳螂之執葉兮，黃雀睨而在後。閱傳舍之流人兮，孰棲遲而能久。循疇昔之顧養兮，儔輩呴其相鳴。倏澶漫於中野兮，渺不知其所征。慨衰榮兮各一時，孑特立兮有所思。江未春而鴈北，社方秋而燕辭。釋山中之隱禍兮，遠幕上之至危。智寧一蟲之不若兮，固義結而不可離。隘廷尉之題門兮，晢馮公之過市。鳥獸不可與同群兮，余非襲人而焉處。昔靈均之遐征兮，睨故都而躊躕。顧微羽其猶若茲兮，又焉詑乎吾纍。亂曰：娷娟飛柳，故所息兮。⿰日崔⿰日崔[三]自潔，物無慝兮。儔侶既遠，形影隻兮。夷猶躑躅，感今昔兮。永葆孤貞，矢無極兮。

[二] 復，原訛「彼」。

[三] ⿰日崔⿰日崔，原訛「⿰日隺⿰日隺」。

詩

韓愈城南聯句：癭頸鬧鳩鴿，蜿垣亂蛷蠑。

花蕊夫人宮詞：安排竹栅與巴籬，養得新生鵓鴿兒。宣受内家專餵飼，花毛間看總皆知。

紹興間士人詩：萬鴿飛翔繞帝都，朝昏收放費工夫。何如養取雲邊鴈，沙漠能傳二聖書。

王世貞鴿詩：綺質霜毛種種殊，飛鳴元只戀庭除。籬邊尺鷃聊同適，韝上饑鷹故不如。怖後長依阿育塔，馴來還寄曲江書。相看總是銜恩侶，翹首雲霄思有餘。

詞

張子野滿江紅詞：晴鴿試鈴風力軟，雛鶯弄舌春寒薄。

非磊落氏贊曰：

竹栅巴籬，棲鵓鴿兒。春花癭項，間色取奇。傳信飛奴，渺渺修途。坐墻立屋，不罥於筊。既使鴈忮，亦使燕忌。自浮自沉，洪喬何意。

鷂傳書

原始

爾雅曰：鷣，負雀。註：鷣，鷂也，江東呼之爲鷣。善捉雀，因名云。鷣音淫。疏：鷣一名負雀。

莊子曰：鷂爲鸇，鸇爲布穀，布穀復爲鷂。

酉陽雜俎曰：鴉，即「鴟」字。相傳鶻生三子，一爲鴉。肅宗張皇后專權，每進酒，常寘鴉腦酒，令人久醉健忘。

又曰：取鷂綱目方二寸，縱三十目，横十八目。凡鷙鳥，雛生而有惠，出殼之後，即於窠外放巢。大鷙恐其隋墜及爲日所曝，熱暍致損，乃取帶葉樹枝插其巢畔，防其墜隋及作陰涼也。欲驗雛之大小，以所插之葉爲候：若一日二日，其葉雖萎而尚帶青色；至六七日，其葉微黄；十日後枯瘁，此時雛漸大，可取。

宣室志曰：薛嵩鎮魏時，鄴郡中有好育鷹隼者。一日，有人持鷹來，告於鄴人，人〔一〕遂市之。其鷹甚神俊，鄴人家所育鷹隼極多，皆莫能及。常臂以玩不去手。後有東夷人見，請以繒百餘段爲直。曰：「吾方念此，不知其用。」其人曰：「此海鶻也，善〔二〕辟蛟螭患。君宜〔三〕於鄴城南放之，可以見其用矣。」先是，鄴城南陂蛟常爲人患，郡民苦之有年矣。鄴人遂持往，其海鶻忽投陂水中，頃之乃出，得一小蛇。既出，食之且盡。自是鄴再無其患。有告於嵩，乃命鄴人訊〔四〕其事，鄴人遂以海鶻獻焉。

叙事

朝野僉載曰：唐太宗養一白鶻，號白將軍。取鳥，常驅至於殿前，然後擊殺，故名落鷹殿。上恒令送書，從京至東都，與魏王，仍取報，日往返數迴，亦陸機黄耳之徒耳。

〔一〕人，原脱。
〔二〕善，原訛「若」。
〔三〕宜，原訛「直」。
〔四〕訊，原訛「記」。

説

柳宗元説鶻：有鷙曰鶻者，巢于長安薦福浮圖有年矣。浮圖之人室于其下者，伺之甚熟，爲余説之，曰：「冬日之夕，是鶻也，必取烏之盈握者完而致之，以燠其爪掌，左右易之。旦則執而上浮圖之跂焉者，縱之，延其首以望，極其所如往，必背而去之焉。苟東矣，則是日也不東逐，南、北、西〔一〕亦然。」嗚呼！孰謂爪吻毛翮之物而不爲仁義器邪！是故無號位爵禄之欲、里閭親戚朋友之愛也，出乎㲉卵，而知攫〔二〕食決裂之事爾，不爲其他。凡食類之饑，唯旦爲甚，今忍而釋〔三〕之，以有報也。是不亦卓絶有立者乎？用其力而愛其死，以忘其饑，又遠而違之，非仁義之道邪？恒其道，一其志，不欺其心，斯固世之所難得也。余又疾夫今之説曰：以喣喣而默、徐徐而俯者，善之徒；以翹翹而厲、炳炳而白者，暴之徒。今夫梟鵂晦於晝而神於夜，鼠不穴寢廟，循牆而走，是不近於喣喣者邪？今夫鶻，春立趯然，其動砉然，其視的然，其鳴革然，是不近於翹翹者邪？由是而觀其所爲，則今之説爲未得也。孰若鶻者，吾願從之。毛邪翮邪，胡不我施？寂寥太清，樂以忘饑。

〔一〕西，原脱。
〔二〕攫，原訛「攖」。
〔三〕釋，原訛「擇」。

非磊落氏贊曰：

陸家黄耳，傳書到吴。躓實而蹈，不如飛奴。排空一舉，燕往鴈徂。時亦弋獲，萬金信孤。惟白將軍，鳥中於菟。如鳳啣詔，如馬負圖。

秦吉了傳書

原始

異物志曰：天后時，左衛兵曹劉景陽使嶺南，得秦吉了二隻，能解人語。至都進之，留其雌者，雄煩怨不食。則天問曰：「何乃無聊也？」鳥曰：「其配爲使者所得，頗思之。」乃呼景陽曰：「卿何故藏一鳥不進？」景陽叩頭謝罪，乃進之。則天不罪也。

叙事

謝氏詩源曰：昔有丈夫與女子相愛，自季夏二十六日以書札相通。來年是日，篋中殆滿，皆憑一鳥往來。此鳥殊解人意。至是日，忽對女子唤曰：「情急了！」女子因書繫其足曰：「秋期若再不果，有如白日。」惟其所爲，因名此鳥爲情急了。沈如筠詩曰：「好因秦吉了，一爲寄深情。」後人又呼吉了。

非磊落氏贊曰：

曰情急了，訛秦吉了。媒妁之言，口中了了。靡不有初，彼自匹鳥。雌失無聊，則天心曉。所以傳書，終歲相嬲。深宮鸚鵡，是非多少。

犬傳書

原始

晉書曰：犬黑頭，畜之令人得財；白犬黑尾，世世乘車；黑犬白耳，富貴；黑犬白前兩足，宜子孫；黃犬白耳，世世衣冠。

水經註曰：孤獨母有犬，名曰鵠倉。

古犬名烏龍。

李呈曰：宮中有犬桃花名。

叙事

述異記曰：陸機少好獵。在吳日，有家客獻快犬，曰黄耳。後仕洛，將以自隨。犬慧黠解人語。機嘗戲語曰：「家久無書，汝能馳往否？」犬摇尾作聲似應之。機爲書，盛以竹筩，繫犬頸。犬走向吳，經水輒依渡者，掉尾向之，得渡則騰上速去。到家得書，還馳向洛。後死，還，葬其家村南二百步，呼爲黄耳冢。

陳繼儒偃曝談餘曰：何宇新，惠之博羅人。母死，廬墓。家無三尺之童，畜一黄犬，三五日輒候墓所，每有所需，即書片紙繫其頸，家人見之，具備，繫使負還。趙澤民爲山西廉使時，畜一犬，名桃花，善獵。有客至，即呼名嗾之，語家人先具酒果。良久，桃花必致一物如麞鹿雉兔之類，無虚往。陸機寄書黄耳，劉貢父云陸氏有奴名黄耳。觀此，吾鄉黄耳犬冢不妄也。

詩

蘇軾予來儋耳得吠狗名烏觜甚猛而馴隨予遷合浦過澄邁泅而濟路人皆驚戲作此詩：烏喙本海獒，幸我爲之主。食餘已瓠肥，終不憂鼎俎。晝馴識賓客，夜悍爲門户。知我當北還，掉尾喜欲舞。跳踉趁僮僕，吐舌喘汗雨。長橋不肯躡，徑度清深浦。拍浮似鵝鴨，登岸劇虓虎。盜肉亦小疵，鞭箠當貰汝。再拜謝恩厚，天不遺言語。何當寄家書，黄耳定乃祖。

陸績睡犬圖：青毛乳狗乞來生，愛小勤呼未認名。風颭角門花影顫，睡中閒吠兩三聲。

墨莊選詩陸弼題黄犬圖：花落閒庭倦繡餘，獨持團扇立躊躕。吾家六月憐黄耳，寄得春閨昨日書。

非磊落氏贊曰：

烏喙黄奴，令令者盧。續貂尾斷，顧兔眼枯。惟獫獥獢，志如丈夫。不忘報主，垂首聽呼。忽效青鳥，傳信還吴。雲間抔土，使乎使乎。

蟲天志卷之八終

蟲天志卷之九

吴淞非磊落氏沈弘正譔

鶴識字

原始

爾雅翼曰：鵠即是鶴音之轉。後人以鵠名頗著，謂鶴之外别有所謂鵠。故埤雅既有鶴，又有鵠。蓋古之言鵠不日浴而白，白即鶴也。鵠名唁唁，唁唁，鶴也。以黿、龍、鴻、鵠爲壽，壽亦鶴也。故漢昭時，黄鵠下建章宫太液池而歌，則名黄鶴。神異經：鶴國有海鵠。其餘諸書文或爲鶴，或爲鵠者，甚多。以此知鶴之外無别有所謂鵠也。

高濂養鶴要略曰：鶴糞可以化石成灰。鶴有長水石自隨，故能蓄魚於溝瀆〔二〕不涸。且能千年一變蒼色，再變黄玄，百年之後則脱硬羽而生柔毛，色白鮮潔，真異類也。

輟耕録曰：道家者流，爲人典行醮事，曰高功。其有行業精白者，則必移檄南嶽魏夫人，請借僊鶴，或二隻，或四隻，青鸞導衛，翔鶩澄空，昭揚道妙，往往親見之。偶讀本草有云〔三〕：降真香出黔南，伴和諸雜香，燒煙直上天，召鶴，得盤旋於上。注：「按仙傳云：燒之或引鶴降。醮星辰燒之甚，爲第一度籙，燒之功力極驗。」若然，則鶴之來，香所致也，非歟？

沈周石田雜記曰：道士召鶴，於端午日尋小鶉鳩養之。遇行法，則刺其血書符，鶴立至。

逸史曰：李衛公遊嵩山，見鶴呻吟曰：「我，鳥仙，爲樵者傷脚，得人血則愈。」李公解衣即刺血。鶴曰：「世間人至少，公且未是。」乃令拔眼睫毛，持往來都下，但映眼照之即知矣。李公中路自視，乃馬頭也。至東洛，所遇非少，悉非全人，皆犬彘驢馬之類，惟一老翁是人。李公言病鶴之意，老翁笑下驢，袒臂刺血。李公得之，以塗鶴，即愈。鶴謝曰：「公即爲明時宰相，復當上昇，相見非遥，慎無懈惰！」李公謝，鶴遂冲天而去。

〔二〕瀆，原訛「潰」。
〔三〕云，原訛「之」。

周履靖海外三珠曰：鶴脛至脆易折，若犯此者，以青竹比脛略大者，截長三四寸，手劈兩片；地上掘取白頸蚯蚓數條，剉去泥土，徧鋪青竹管中，用綫扎定；仍取數條啖之。候飯頃，即如舊。

周暉金陵瑣事曰：李克齋公在兵部，正坐堂，忽空中飛下一鶴，馴熟不去。對醫人劉春齋云：「家曾有鶴飛來，第二小兒舉進士；今又有鶴飛來，大小兒定中進士矣。」未幾，而鶴折其脛，私心殊不喜，因問：「有能接其脛骨者乎？」一人對曰：「家藏接骨秘方，想人禽一理，或可接也。」急命修製之。方用土鱉新瓦焙乾半兩錢，醋淬七次；自然銅、乳香、没藥、菜瓜子仁各等分，爲細末，每服一分半酒調灌之，鶴脛如故。但人上體傷，食後服之；下體傷，空心服之。李公乃以其方傳之于劉春齋。

叙事

金城記曰：衛濟川養六鶴，日以粥飯啖之，三年識字。濟川檢書，悉令鶴啣取之，無差。

非磊落氏贊曰：

九臯處士，脊彼軒郎。仙人騎驥，衛家舊藏。啣書檢字，入室登堂。儼如童子，素衣似霜。往往火食，文不療腸。昔爲舞袖，今作書囊。

雀識字

原始

方言曰：桑飛，即鷦鷯也，又名鷦鶯。自關而東謂之工爵，或謂之過鸁，音累。或謂之女鴎。今亦名爲巧婦，江東呼布母。自關而西謂之鸋鴂，按爾雅云：鸋鴂、鴟鴞，鴟屬。非此小雀明矣。甯玦兩音。自關而西謂之桑飛，或謂之懱爵。言懱截也。

論語疏：公冶長辨鳥雀語，云：唶唶嘖嘖，白蓮水邊，有車覆粟。車腳淪泥，犢牛折角。收之不盡，相呼共啄。

海録曰：鳥雀尾上有肉高有穴者，名脂瓶。鳥雀每引觜取脂以塗翅毛，則悦澤，雨露不能濡。

周蒙續古今注曰：九月，雀不入水，則多淫泆。

酉陽雜俎曰：釋氏書言雀沙生，因浴沙塵受卵。

白氏帖曰：周武王時有赤雀啣書之瑞。

述異記曰：周成王元年，貝多國人戲舞雀。周公命反之。

開元遺事曰：裴耀卿勤於政事，夜閲案牘，晝〔二〕決獄訟。常養一雀，每夕自更初有聲，至漏盡則急鳴。裴呼爲知更雀。

叙事

江盈科雪濤小説曰：黄雀可教以認字。

周履靖海外三珠曰：凡新捕到金雀兒，必欲以水洗其足，令十分乾浄；卻以舌於其頂上順舔之數十舔，然後置籠中。如此，永不死。如其不然，必致於死。

非磊落氏贊曰：

惟彼碼鶇，啾啾楚條。頭規顆蒜，目仿劈椒。啣書既異，識字難料。嘉賓女鷗，名亦孔嬌。瑶光星散，其態也妖。允彼桃蟲，爲鶚爲鵰。

〔二〕晝，原訛「書」。

蠟嘴識字

原始

田藝蘅留青日札曰：烏有蠟觜、畫眉之戲，獸有胡猻、狗馬之戲，蟲有螻蟻、蝦蟆、烏龜之戲。余幼時皆及見之，蓋宸濠倡亂，招致姦徒，後敗而流落，逃食山林故也。

叙事

田汝成西湖志餘曰：有曰「靈禽演劇」者，其法以蠟觜鳥作傀儡，唱戲曲以導之，拜跪起立，儼若人狀。或使之啣旗而舞，或寫八卦名帖，指使啣之，縱横不差。或拋彈空中，飛騰逐取。

非磊落氏贊曰：

有美厥咮，黄如蒸栗。紺領緑衣，竊禀奇質。八卦聖畫，通于飛禽。匪直也人，物各有心。霓裳之舞，聽命於鼓。不筊而馴，何須鸜鵒。

蟲天志卷之九終

蟲天志卷之十

吴淞非磊落氏沈弘正譔

烏鳳唱樂府

叙事

冀越集曰：烏鳳，形若喜鵲，有二毛最長，能唱小樂府，如笙簫之聲。鸚鵡、秦吉了雖能言，不能及也。秦吉了如男子之聲，鸚鵡如婦人之音，亦不同也。

王穉登客越志略〔一〕曰：自五月十二壬寅迄六月既望甲戌，爲日三十有三，自姑蘇閶門迄寧

〔一〕略，原脱。

波東錢湖，爲程九百里有奇，所歷分埜二、邑十六、江六、湖四、谿一、閘一、闕一、碶一、壩五、堰三。名山登者十，其無名與名而不及登者不可數。舊刹遺祠、洞天名蹟、古人墓隧，過而題者十四，其過而無題者不可數。所遇賢士大夫、名流浄侶之屬廿有二，溘先一人，期而不至一人，往來皆不值者一人。所見神物三：蒼龍、青鸞、烏鳳。

又曰：青鸞，大如鶴，群翔碧藻間。烏鳳鵲，身黄味黑，光如漆。皆吴中所無。余心異之，不爲問，以待客自名，始得識。蓋恐孺穀〔二〕揶揄我也。諸君知之則又大笑。

非磊落氏贊曰：

桐鳥以色，厥名桐鳳；烏鳥以聲，厥名烏鳳。鳳兮鳳兮，定是幾鳳？子晋笙翻，桓野笛弄。非竹非絲，音諧律中。平陽耻歌，隴西羞貢。

〔二〕穀，原訛「穀」。

虎守門

原始

述異記曰：漢中有虎生角。道家云：虎千載則生牙，蜕而生角。

梁鶱曰：且一言我養虎之法。夫食虎者，不敢以全物與之，爲其碎之之怒也；不敢以生物與之，爲其殺之之怒也。虎之與人異類，而媚養己者，順也；故其殺之，逆也。吾豈敢逆之使怒哉？亦不順之使喜也。何則？喜之復也必怒。故曰不處中和，勢極則反，必然之數耳。

叙事

湯顯祖玉茗堂集曰：予郡巴丘南百拆山中，有道士善檻虎。兩函，桁之以鐵，中不通也。左關羊，而開右以入虎，懸機下焉。餓之，抽其桁，出其爪牙，楔而鍖之，絙其舌。已，重餓之，飼以十銖之肉而已。久則羸然弭然，始飼以飯一杯、菜一盂，未嘗不食也，亦不復有一銖之肉矣，以至童子皆得飼之。已而出諸囚，都無雄心，道士時與撲跌爲戲，因而賣與人守門以爲常。率虎千錢，大者千五百錢。初猶驚動馬牛，後反見大牛而驚矣。或時伸腰振首，輒受呵叱，已不復爾。常置庭中，以娱賓。月須請道士診其口爪，鐫剔擾洗各有期。道士死，其業廢。予獨嗤夫虎雄蟲也，貪羊而窮，以至於斯辱也。賦之。

王穉登虎苑曰：孔公文韶爲廣西按察使，艤舟江口，鄰舟有占〔一〕城人進虎京師，延公過舟。虎在圈中，毛色炳焕。一夷人能馴虎，開圈弄虎，手探口中略無所損。戲其足輒退縮，夷人言虎惜爪距故也。又呼其名，即長吼。孔駭然而退。

陳繼儒偃曝談餘曰：榜葛剌國有衣黑白花彩縈帨、佩珊瑚琥珀纓絡、繫臂硝子鐲釧、歌舞侑酒者，曰根肖速魯奈〔二〕，蓋優人也，能作百戲。以鐵索繫虎行市〔三〕中，入人家，解索坐虎于庭，裸而搏虎，虎怒，交撲仆虎，數回乃已。或手没入虎喉，虎亦不傷。戲已仍繫之，人家争以肉啖虎，勞戲者錢。

賦

湯顯祖嗤彪賦：夫何山中之一獸兮，受猛質於西旻。貌低團而項廷，鼻黝隆而齒齦。目斜

〔一〕占，原訛「古」。
〔二〕根肖速魯奈，原訛「根肖速魯素素」。
〔三〕市，原訛「步」。

匡而電爍，聲倨頷以雷殷。舌理巃而巠樹，鬚鋒橫而獵人。爪含銛而卷曲，尾拂彗而組伸。咤形模其足怖，矧精威之絶塵。静嘯而陰飆窣起，坦步則稠林自分。凛氣候之相制，隱形勢而見尊。況百拆之深山，常此窟之成群。黄班屬而卧隴，白頞連而飲津。初涉味於牛馬，遂舐及於人民。户震躬而屏徙，或重遷而遠藩。獨無生之道士，故有心而與鄰。力不加於子路，術不詭於黄神。布石闞之宛轉，交鐵葉以繽綸。界鳴羊於接檻，誘聞羶而見循。進密歷以窮路，退蹢躅而下門。遂乃聊浪擲跌，偪仄輪囷。始傖㲺而怒湧，久牢騷而意煩。氣屈而皾，力癉而踆。壙局拘而勢改，積威約而理均。於是道士欣焉，待日及晨，舉之於懸處，餓之以兼旬，待威神之委頓，任處置之紛紜。未陷頭而拔鬚，先罥爪而剔蹯。捩權牙於巨斧，磨刺舌以疏巾。香泔變其腸胃，清水洗其喉唇。欲次第而施食，已隨宜而致馴。初猶啖以碓肉，次則習以盤餐。或設以稃粒之餘，或投以松芥之根。既苦饑而伏檻，敢擇食以懟恩。遂乃改山林之性氣，狎鷄犬之見聞。遇夫人之下視，即弭耳而意親。諒厓柴之已去，放野牧以逡巡。非止柔性，兼弱其筋〔二〕。圓腰纖而脅息，黯班摧而襞皺。撫之而亦喜，撲之而不嗔。似巨狸之擾足，若卑犬之纏身。偶循隅而吐喑，輒蒙呵而愴魂。昔有大蟲之號，今有小畜之云。懊撐距之無時，委降戢於非倫。雖山君之短智，亦粱鶩

〔二〕筋，原訛「肋」。

之淺仁。見其弱而可弄，牽以售而論斤。有守犬其未足，借虛名而守閽。既爪牙之久折，亦何威而見奔。第周旋於苑薄，得混迹於麑麛。學婆娑而昵主，戲矍綽以娛賓。感知音之君子，被嘆涕之殷勤。偉茲靈之巨猛，鬱有武而有文。偶唇吻之所及，皆性命之相因。論雄心與剛力，固決乾而倒坤。略綱絓而風飛，觸熛燎以雷噴。哮怒則千人自廢，憤蹶而萬瓦猶震。非胥疏其有欲，何牢檻之敢陳。偶朵頤於跛羊，落一髮於千鈞。饑窘來而餌施，利器往而性泯。足人間之玩擾，何氣決之可存。諒如此而久生，固不如即死之麒麟。

非磊落氏贊曰：

李父虓嗔，擇肉於人。奇哉道士，餓以兼旬。垂首氣索，守户迎客。盜不憎主，鬼不瞷宅。反類其狗，循墻而走。鷄犬閒閒，大蟲陽九。

犬銜瓢

原始

沈周石田雜記曰：狗之肝如泥土色，臭味亦然。傳其警[一]夜，人在土上走，則其肝動，氣所感也。

叙事

周暉金陵瑣事曰：余與程孺文、汪子寧同行，見乞兒牽狗銜瓢化錢。孺文云：「此狗亦知瓢乎？」蓋戲子寧也。子寧曰：「此狗只解口瓢耳。」

江盈科雪濤小説曰：或問：「人之不能者，可教而能否？」余曰：「安在其爲不可？且無論人，即禽獸異類然亦可教，而況人乎？鸜鵒可教以言語，猢猻可教以演戲，黄雀可教以認字，馬可教以啣盃，犬可教以舂碓。苟未至爲鸜鵒，爲猢猻，爲黄雀，爲馬，爲犬，則何不可教而能也？彼

〔一〕警，原訛「驚」。

自謂不可教者，是自棄也。曾鸜鵒等之不若，奚而人？奚而人？」

非磊落氏贊曰：

鷄鳴狗吠，下坐之客。帶犬而乞，其間咫尺。龐也代庖，丐粟盈匏。賴以免死，賴以解嘲。惟李丞相，臨刑自愴。安得牽黄，與子同狀。

紡綫娘

原始

詩正義曰：絡緯鳴，嬾婦驚。

埤雅曰：俗云絡緯雄鳴于上風，雌鳴于下風而風化。

爾〔二〕雅翼曰：莎鷄頭小而羽大，有青、褐兩種，一名絡緯。今人謂之絡絲娘。莎鷄與絡緯爲

〔二〕爾，原脱。

一物，蟋蟀與促織是一物。崔豹不當合而言之。名物疏云：按斯螽股鳴，莎鷄翼鳴，蟋蟀注鳴，迥然三物也。

本草圖經曰：莎鷄六月後出，飛而振羽作聲，人或畜之樊中。

叙事

袁宏道瓶花齋集曰：蟋蟀又有一種，似蚱蜢而身肥大，京師人謂之聒聒，亦捕養之。南人謂之〔一〕紡綫娘，食絲瓜花及瓜穰，音聲與促織相似而清越過之。余嘗畜二籠掛之檐間露下，凄聲徹夜，酸楚異常，俗耳爲之一清。少時讀書杜庄，晞髮松林景象如在〔二〕目前，自以蛙吹鶴唳不能及也。

詩

宋祁秋夜詩：西風已飄上林葉，北斗直掛建章城。人間底事最堪恨，絡緯啼時無婦驚。

〔一〕謂之，原倒作「之謂」。
〔二〕在，原脱。

皇明風雅張弼絡緯詞：絡緯不停聲，從昏直到明。不成一絲縷，徒負織作名。蜘蛛聲寂寂，吐絲復自織。織網網飛蟲，飛蟲〔二〕足充食。事在力爲不在聲，思之令人三歎息。

朱家聲春艸篇詠絡緯：風引凄涼聽欲酸，物情辛苦淚珠團。閨中機杼聲和切，雨外悲吟夢亦寒。促似怨深添弱綫，斷疑力盡倚闌干。可知天上長年弄，散作秋商永夜難。

朱長芬燕社詩詠絡緯：秋聲卻易動人酸，況復凄凄感露團。引似翠梭臨月弄，停如鴛杼泣綃寒。羈人念遠頻相望，嫠婦憂深漫不干。何事辛勤空暮暮，便教織就向人難。

沈弘正枕中草詠絡緯：風下凄音徹夜酸，豆棚瓜架露珠團。繅絲頭緒千條亂，杼軸姻緣一水寒。苦調如弦驕竹肉，愁懷似綫繞欄干。不須枕上梧桐雨，聒聒聲中待旦難。一

入耳焦繁入夢酸，秋風瑟瑟月團團。卻同思婦憂邊早，絕似孤交念叔寒。織借蛛絲依樹杪，光偷螢火點欄干。客心聽爾棼如緒，雙鬢明朝對鏡難。二

秋意蕭森物意酸，暫依青蔓與黄團。暗教機杼家家動，總爲繅絲夜夜寒。織女無章雲爛熳，綃人有淚露欄干。亦知紝婦由來苦，訴出千經萬緯難。三

哀吟焦殺動人酸，卻似齊紈怨白團。裳比蜉蝣連夜楚，韻先蟋蟀早秋寒。迴來錦字文何在，

〔二〕飛蟲，原脱。

添去邊衣綫若干。豈少窮檐絲婦聽，機空無奈和君難。四

吟來雨苦又風酸，秋蔓如絲捲作團。貧女製裳非自嫁，故人織素爲誰寒。纑從蚓婦還槁壤，機向牛星付水干。物候驚心牽不斷，綈袍何處紿衣難。五

啼處忘悽聽處酸，樓邊燈下淚珠團。商弦入奏皆知苦，周教求衣不待寒。音送帛書來塞北，聲拖綃影出江干。同袍寂寞憑君話，久矣人間挾纊難。六

縱使無情聽亦酸，披衣重試小龍團。平林似染機仍急，亂葉如梭擲更寒。幾片流黃隨月落，一聲裂帛與霄干。琵琶馬上秋風裏，聽爾吟時下指難。七

幻音一種倍辛酸，萬緒千絲打作團。夜織暗中停曉織，禦寒聲裏到祈寒。高低原向天孫學，斷續非關謝客干。絡緯曉寒鷄報曉，羈人思起著衣難。八

蟲腸一綫苦含酸，兔魂三秋缺又團。青女裙捎瓜蔓短，黃姑練惹豆花寒。若教抱布堪相貿，寧使無褌不用干。自在枝頭勤締造，床邊宇下傍人難。九

切切嘈嘈總是酸，數迴煩碎數迴團。臂如釵股纙偏亂，聲似機頭轉更寒。合調齊鳴寧有辨，分枝各織不相干。春鶯春柳嬌千態，何似秋蟲此際難。十

非磊落氏贊曰：

惟彼綫娘，亦嗜絲瓜。豆萁作幔，荻莖作筊。夜林簫管，秋枕琵琶。星前月下，海角天涯。驚心入耳，有淚如麻。寒蟬愁和，羞殺鬧蛙。

蝦蟆説法

原始

本草圖經曰：蝦蟆生江湖，今處處有之。腹大形小，皮上多黑斑點，能跳接百蟲食之。時作呷呷聲。在陂澤間，舉動極急。

風俗通曰：蝦蟆一跳八尺，再跳丈六。從春至夏，裸袒相逐。無他所作，掉尾肅肅。按：蝦蟆無尾，當言夏馬。考風俗通無此，殆非全書。今見藝文類聚。

禽蟲述曰：蝦蟆聲抱。

誠齋雜記曰：荆軻之燕太子東宮，臨池而觀。軻拾瓦投鼃，太子令人奉盤金，軻用抵，抵盡復進。軻曰：「非爲太子愛金，但臂痛耳。」

梁沈僧照，别名法朗。少事天師道士，後爲山陰令。時武陵〔一〕王紀爲會稽，宴集池亭，蛙鳴聒耳。王曰：「殊廢絲竹之聽。」僧照咒厭，便息。日晚，王欲其復鳴，僧照曰：「王歡已闌，今恣汝〔二〕鳴。」即喧聒。

南齊書曰：孔稚珪字德璋，風韻清疏，不樂世務。門庭之内，艸萊不剪。南有山池，春日蛙鳴，或問之曰：「欲爲陳蕃乎？」稚珪笑曰：「我以此當兩部鼓吹，何必期效仲舉？」僕射王晏〔三〕嘗鳴笳鼓造之，聞群蛙鳴。晏曰：「此殊聒人耳。」答曰：「我聽君鼓吹，殆不及此。」晏有愧色。

輟耕録曰：宋季城信州，掘土處爲濠百畝許，在郡南，曰南池。池之旁可居，舊爲里人屋。歸附後，達魯花赤滅徹據有其地。每春夏之交，群蠅聒耳，寢食不安。會三十八代天師張廣微與材。朝京回，因以告。天師朱書符篆新瓦上，使人投池中，戒之曰：「汝蠅毋再喧。」自是至今寂然。

輟耕録曰：大德間，仁宗在潛邸日，奉答吉太后駐輦懷孟特，苦群蠅亂喧，終夕無寐。翼日，太后命近侍傳旨諭之曰：「吾母子方憒憒，蠅忍惱人耶？自後其毋再鳴。」故至今此地雖有蠅而不作聲。後仁宗入京，誅安西王阿難答等，迎武宗即位，時大德十一年也。越四年，而仁宗繼登

〔一〕 陵，原訛「陸」。
〔二〕 恣汝，原倒作「汝恣」。
〔三〕 晏，原訛「宴」。

大寶，則知元后者天命攸歸。豈行在之所，雖未踐祚，而山川鬼神以陰來相之？不然，則蟲魚微物耳，又能聽令者乎？但迄今不鳴，尤可異矣。

沈周石田雜記曰：蛙鳴聒人，以芝麻稭磨碎，順風撒去，則禁之。

敘事

輟耕録曰：余在杭州日，嘗見一弄百禽者，蓄蝦蟆九枚。先置一小墩於席中，其最大者乃踞坐之，餘八小者左右對列。大者作一聲，衆亦作一聲；大者作數聲，衆亦作數聲。既而小者一一至大者前，點首作聲，如作禮狀而退，謂之「蝦蟆説法」。

詩

韓愈答柳宗元食蝦蟆詩：蝦蟆水中居，水特變形貌。强號爲蛙蛤，於實無所校。雖然兩股長，其奈背脊皰〔一〕。跳躑雖云高，意不離濘淖〔二〕。鳴聲相呼和，無理秖取鬧。周公所不堪，灑灰

〔一〕皰，原訛「皰」。
〔二〕淖，原作「潭」。

垂典教。我棄愁海濱，常願眠不覺。叵堪朋類多，沸耳作驚爆。端能敗笙磬，仍工亂學校。雖蒙勾踐禮，竟不聞報効。大戰元鼎年，孰强孰敗撓。居然當鼎味，豈不辱鈞〔一〕罩。余初不下喉，近亦能稍稍。常懼染蠻〔二〕夷，平生性不樂。而君復何爲，甘〔三〕食比豢豹。獵較務同俗，全身斯爲孝。哀哉思慮深，未見許回櫂。

文徵明莆田集聞蛙詩：春燈照壁睡微茫，閣閣群蛙正繞堂。細雨黃昏貧鼓吹，誰家青艸舊池塘。年來水旱真難卜，我已公私付兩忘。爲謝繁聲休强聒，吴城明日是端陽。

非磊落氏贊曰：

青草池塘，黄昏鼓吹。爲公爲私，語勞詞費。躁性既馴，説法説因。登壇稽首，教習惟人。抵爾金多，揖爾士多。麥風梅雨，一跳如梭。

〔一〕鈞，原訛「鈎」。
〔二〕蠻，原訛「變」。
〔三〕甘，原訛「其」。

叩頭蟲

原始

續博物志曰：人家有小蟲，至微而響甚，尋之卒不可見，號竊蟲。大如半胡麻，形似鼠婦，有兩角，白色，振其頭則有聲。孟康朝作賦，比之鬼魅。

物類相感志曰：叩頭蟲，俗云害之不祥。今小兒捉弄之。

彭乘墨客揮犀曰：蟲之類能入耳者，不獨蚰蜒。如壁虱、螢火、叩頭蟲、皂莢蟲，皆能入耳爲害。余有外親曾爲蟲入耳，自謂必死，乃極其家所有，恣情耗蕩。凡數年，家業遂破，蟲出，疾愈。驗之，乃叩頭蟲也。

叙事

異苑曰：有小蟲形色如大豆，咒令叩頭，又咒令吐血，皆從所教，如似請放，稽顙輒七十而有聲，故俗呼爲叩頭蟲也。

賦

晋傅咸叩頭蟲賦曰：蓋齒以剛克而盡，舌存以其能柔。强梁者不得其死，執雌者物莫之讎。無咎生於惕厲，悔恡來亦有由。仲尼唯諾於陽虎，所以解紛而免尤。韓信非爲懦兒，出胯下而不羞。何兹蟲之多畏，人纔觸而叩頭？犯而不校，誰與爲仇？人不我害，我亦無憂。彼螳螂之舉斧，豈患禍之能禦？此謙卑以自牧，乃無害之可賈。將斯文之焉貴，貴不遠而取譬。雖不能觸類〔二〕是長，且書紳以自示。旨一日而三省，恒跼蹐以祗畏。然後可以蒙自天祐之吉無不利。

張之象叩頭蟲賦并序：叩頭蟲賦者，晋傅咸之所作也，以其謙卑自牧，無往不利。余乃謂士之進退必由禮義，而得之不得有命也。彼之抑首脅息，情態可嗤，殆類夫奔諂焰熱者，枉己辱身，頗傷志操，雖時或有遇，非君子砥節之訓矣。故反其意，述此賦，以諷當今之士，并以自鑒焉。賦曰：伊介性之不回，本生理之至直。曾子勵士以執毅，孔公亟美於剛德。高則抗首，卑乃席膝。體貌多端，從義所即。或送使於他邦，或承王之賜食；或感恩而必拜，或引咎而自責；或升堂以

〔二〕類，原訛「纇」。

覲母，或見畫以興惻；或修敬於德公之門〔二〕，或陳經於誕聖之日。仲回〔三〕郤之而克當，祖征受之而兩得。説大人勿視其巍巍，爲弟子不懈於翼翼。近禮之恭，免辱遠耻；無禮之慎，其敝也葸。彼奮身而絶脰，信忠臣之不二。雖喪元而甘心，又何恶於勇士？惟在邦而如天，則史鰌之可希。若枉尺而直尋，亦軻氏之所非。以此齊餓者揚目而不食，鍾離意得珠而固辭。周侯持法於細柳，蘇武建節於外夷。若乃王丹之餞陳司馬，特不拜以爲贈；汲黯之遇衛將軍，但長揖以致敬。見甄后而不伏，固劉禎之守正；向小兒而折腰，斯陶令之解印。馬援藐帝婿而不答，顔含謁丞相而無佞。庾衮重施禮而人親，盧鴻以磬折爲忠信。王祥欲以德而愛人，何點雖箕踞而奚病？至於孟嘉之不知落帽，卞彬之不恡投幘。孫楚參軍而稱命，鄭衆奉使而威敵。井丹被褐以凌坐，嚴遵矯手以應辟。上交不諂，威儀是力。總諸賢而共然，蓋有作而在昔。何兹蟲之細瑣，乃逢人而委靡？鮮英豪之骨鯁，多婦寺之詭隨。將無惠而致感，或望塵而下之。詎睹抗司徒之趙壹，焉聞動高祖之酈其？擎跽曲拳，槃辟佁儗。阿匼逡巡，傴僂骫骳。每低眉以趨承，時稽首而祇畏。似此物之佞媚，抑維何而比類？仰慚蛐馬之高潔，俯謝螳螂之勇鋭。足不能前，目不敢視。委蛇蒲

〔二〕此二句原脱。
〔三〕仲回，一本作「仲尼」。

服，覆面掩地。莫是周襄之胙，誤同魯繆之餽。乖嫣皓之哀誠，甚鄧通之恐悸。何關高鳳之解争，乃欲謝鯤之拜勢。豈夏禹之樂其昌言，實蘇嫂之攝於高位。等摇尾而不殊，與崩角兮何異？匪飲酒而多儀，猶乞墦之可愧。吁嗟爾頭，辛苦無益。千醜萬辱，同彼施威。羡舐痔之得車，忘吮癰之遇厄。徒自病於頷頤，又誰愍其爛額？如涴〔二〕蘇則之膝，必忿恨而弗懌；借有朱雲之劍，雖斬斫以何惜？況窮通之有定，信運命之難更。干〔三〕人者未必果獲，屈膝者安可復申？是以非義之錢，而趙勤弗屑；閹人之勢，則高允所輕。不有簡介之熙載，將無嚴整之曜卿。仲孫感言而甚切，子高抗手而遂行。王無功久厭於繁禮，向玄季自處以素情。田子方驕人以貧賤，宋使者正對於會盟。韋仁約獨立以司憲，江休映無屈於延明。願與璧而俱碎，慕藺如之敢於抗秦；觸屏風而就睡，感陳咸之篤於諷親。若夫獸取獬豸，咋邪是任；艸稱屈軼，指佞于庭。睹正氣之猶在，徵直道之可循。懦夫聞風而立志，壯士怒髮而挺身。與其曲鈎之取貴，孰若如弦之守貞？寧同此强項之賢令，毋似彼黄頭之小人。亂曰：污泥自點，物猶取憎。衣冠掃蕩，又何足云？竊顧悌受書之孝，假二王下席之誠。曾蔡澤之不如，抑郅都之可倫。意氣既殊於謝覽，雅正曷有於王

〔二〕涴，原訛「枕」。
〔三〕干，原訛「千」。

彬?固已忘楊政之把臂,亦奚取晉宣之事尊?雖伏謁如李良,而非怒趙王娣之不下;特拜謁如袁盎,而未爲申屠嘉之所賓。厥咎頗深於子羽,是宜反責以斯文。知微言之廣喻,請三復而書紳。

詩

唐盧延遜詩:樹上諮諏批頰鳥,窗間壁剥叩頭蟲。

詞

屠隆曇花詞尾聲:叩頭蟲體疲,毒蟒蛇腹餒。跳蚤兒幾時出得人裩襠内,蛆蟲兒怎當惡滋味,黑蟆兒受用些土氣息。燈蛾兒戀火坑,蜣螂把糞丸兒當做了寶貝。水牯牛拖犁負重無休息,只有鸚哥兒毛羽美。杜鵑兒説曾爲蜀望帝,可也没箇憑據。勸世人及早回頭策厲,莫待失了人身呵,那里去還尋你?

非磊落氏贊曰:

有形如豆,厥角稽首。朝謁如來,暮參北斗。誰作之孽,爾任其咎。亦又何求,千扣萬扣。口血淋漓,煩惱生受。自苦自卑,循墻而走。

金魚列陣

原始

桯史曰：今中都有豢魚者，能變魚以金色，鯽爲上，鯉次之。貴遊多鑿石爲池，寘之檐牖間，以供玩。問其術，祕不肯言，或云以闤市洿渠之小紅蟲飼，凡魚百日皆然。初白如銀，次漸黄，久則金矣，未暇驗其信否也。又别有雪質而黑章，的皪若漆，曰玳瑁魚，文采尤可觀。逆曦之歸蜀，汲湖水浮載，凡三巨艘以從，詭狀瓌麗，不止二種。惟杭人能餌蓄之，亦挾以自隨。余考蘇子美詩曰：「松[一]橋扣金鯽，竟日獨遲留。」東坡詩亦曰：「我識南屏金鯽魚。」則承平時蓋已有之，特不若今之盛多耳。

東坡志林曰：舊讀子美六和寺詩云：「松橋待金鯽，竟日獨遲留。」初不喻此語。及倅錢塘，乃知寺後池中有此魚，如金色。昨日復遊池上，投餅餌，久之，乃略出，不食，復入，不可復見。

〔一〕 松，一本作「沿」。

自子美作詩至今四百餘年，已有「遲留」之語，則此魚自珍貴蓋久矣。苟非難進易退而不妄食，安得如此壽耶？

周履靖群物奇制曰：金魚生蝨者，魚瘦而生白點者名蝨。用新磚入糞桶中浸一日，取出，令乾，投水中。金魚浮水面上者，則雨必至，蓋其水底如沸湯也。橄欖柤，金魚食之即死。肥皂水能死金魚。

敘事

潘之恒亘史曰：維揚人畜金魚，初以紅白鮮瑩爭雄，後取雜色白身紅片者。有金鞍、鶴珠、七星、八卦諸名。分缶投餌，擊水波鳴，則奔呷鶩至。或合缶，用紅白旗招之，各分馳如列陣然。其金銀目、雙環、九尾，徒美觀爾，蓋蝦種也。此與駢枝贅疣者等，曷足珍焉？

周暉金陵瑣事曰：鄭仕與金魚交而好戲。鄭之庭前蓄金魚一缸，中有綠毛小龜。兩人偶凭欄玩之，鄭忽戲呼云：「金魚烏龜，金魚烏龜。」金云：「金魚不過是烏龜朋友耳。」

詩

皇明詩選薛瑄盆池魚：浮游南北與西東，不出區區斗水中。何似巨鱗居大海，波涵天地浪搖風。

桑悦思玄集盆池：盆池清見底，養得小神魚。夜月明如水，啣星遡太虚。嘘氣向盆池，沄沄起微浪。道眼看分明，颶風翻海狀。日出照扶桑，弱流三萬里。誰知盆池中，一勺同名水。

徐中行天目集舊有火魚寄養於德華齋中歸後見還繁衍數倍色態異常喜而賦謝：斗水君如惜，群生得至今。朱鱗赤射日，火鬛走黄金。雷電時寧測，江湖歲自深。鄰居無惠子，誰解漆園心。

歸有光火魚：水畜非昔種，火魚自新肇。僅以數寸奇，忽見五色皦。勺水停淵澄，方池恣迴繞。春雨生緑萍，秋風夢紅蓼。真於盆盎中，獨覺江湖淼。每看銀鬛起，時睹寶尾掉。濡沫蹄涔寬，吞舟堂坳小。少年共咄叱，窮日相戲嬲。飼蟲疲棘童，汲泉困王媪。海上家盡然，吴中時倣傚。誰思聞鶴唳，直比豢龍擾。此物多變幻，爲狀異昏曉。鮮妍駭羽化，憔悴悵色皫。物理呈怪象，天宇信奔鳥。何者爲妖祥，何者爲吉兆。天子今萬年，皇圖日綿藐。滄海竟清晏，小夷悉剗剿。周山進白鹿，霜毛何皎皎。會當長此魚，貢之躍靈沼。

王世貞弇州稿朱魚詩：咫尺清泠一鏡收，明霞點點在中流。驚鱗忽捲桃花片，勞尾徐牽赤玉鈎。萬里江湖寬出入，半庭煙雨足沉浮。藩波菡萏時相傍，窺沼鵁鶄迴自愁。

馮琦北海集弟以朱魚見惠走筆答之：豈無成龍姿，限此一勺水。一釣連六鰲，願學任公子。

王穉登乞金魚詩：簾櫳寂寂雨斜斜，一寸金鱗似赤砂。我有白盆青荇藻，待他朱鬛戲吹花。

馬玉麟静觀堂稿木盎養朱魚數頭喜賦：誰謂江湖縱巨鱗，儵然斗盎亦滄溟。見人不駭池邊釣，吸水偏移石上萍。出入微波霞作片，吐吞細雨錦爲形。此中自有濠梁意，漁父何須論獨醒。

非磊落氏贊曰：

流霞墜波，灼爍孔多。水中銀箭，盎裏金梭。無人垂餌，小心惴惴。游泳遲留，進難退易。以旗招之，列陣分馳。法在玩飼，魚樂我知。

烏龜疊塔

原始

酉陽雜俎曰：福州貞元末有人賣〔二〕一籠龜，其數十三。徐仲以五鐶獲之，村人云：「此聖龜，不可殺。」徐置庭中，一龜籍四龜而行，八龜爲導，悉大六寸。一夕而失。

釋贊寧曰：滎陽謝沐，山有巨龜，可長八尺，甲下有文字。其龜行則前後左右各踏一大龜，

〔二〕 賣，原作「買」。

如三尺許，而行動相合。今越暨陽山中有時有沙門遇見，各奪足下龜置遠處，他日再見，舊小龜依前承足。奇哉。

遊宦紀聞曰：唐莊宗時有進六目龜者。敬新磨獻口號云：「不要鬧，不要鬧，聽取龜兒口號。六隻眼兒睡一覺，抵別人三覺。」

叙事

陶宗儀輟耕録曰：余在杭州日，嘗見一弄百禽者，蓄龜七枚，大小凡七等。置龜几上，擊鼓以使之，則第一等大者先至几心，伏定，第二等者從而登其背。直至第七等小者登第六等之背，乃竪身直伸其尾向上，宛如小塔狀，謂之「烏龜疊塔」。

非磊落氏贊曰：

相承相籍，惟平福公。以小乘大，浮屠聿崇。不愁尾曳，而逞背穹。昔名神屋，今號梵宫。笑彼蜃結，不如龜工。十朋易錫，七級難逢。

蟲天志卷之十終

圖書在版編目（CIP）數據

蟲天志/（明）沈弘正著；孫幼莉整理．—上海：復旦大學出版社，2024.2
（浦東歷代要籍選刊/李天綱主編）
ISBN 978-7-309-17264-5

Ⅰ．①蟲…　Ⅱ．①沈…　②孫…　Ⅲ．①文娱性體育活動-介紹-中國-古代　Ⅳ．①G899

中國國家版本館CIP數據核字（2024）第032716號

蟲天志
CHONG TIAN ZHI

（明）沈弘正　著　孫幼莉　整理

出版發行　復旦大學出版社
上海市國權路五七九號　郵編：二〇〇四三三
八六—二一—六五一〇二五八〇（門市零售）
八六—二一—六五一〇四五〇五（團體訂購）
八六—二一—六五六四二八四五（出版部電話）
fupnet@fudanpress.com　http://www.fudanpress.com

責任編輯　高　原

印　　刷　上海盛通時代印刷有限公司
開　　本　八九〇×一二四〇　三十二分之一
印　　張　七點三七五
字　　數　一四二千
版　　次　二〇二四年二月第一版
印　　次　二〇二四年二月第一版第一次印刷

書　　號　ISBN 978-7-309-17264-5/G·2575
定　　價　捌拾伍圓